光文社文庫

文庫書下ろし

うちの若殿は化け猫なので

三川みり

光　文　社

この作品は光文社文庫のために書下ろされました。

目次

序　5
一、お家の秘密なので　24
二、一筋縄ではいきませんので　75
三、御一門の呪いなので　134
四、見えるだけでも役に立つので　188
五、若殿は化け猫なので　243

主な登場人物

梓木奏一郎《あずさぎそういちろう》　虎千代の中奥小姓《なかおくこしょう》。元は作事奉行配下小作事方。
虎千代《とらちよ》　小鹿藩世嗣《おじかよつぎ》。
里川芳隆《さとかわよしたか》　山内守《さんないのかみ》。西国の小藩、小鹿藩藩主。
縞《しま》　里川芳隆の正室、虎千代の母。百歳を超える化け猫。
庄司主膳《しょうじしゅぜん》　小鹿藩江戸家老。

序

父とともに湯からの帰りの途中だった。

火照《ほて》った頬に冷たい風を気持ち良く感じながら、奏一郎《そういちろう》は空を見あげる。

霜月半ばのお天道様は随分とせっかちだ。先ほど湯屋を出たとき、芝切り通しの七つ(午後四時頃)の鐘を聞いたのだが、見あげる空は西にほんのり橙色《だいだいいろ》を残しているだけで、全体が薄暗い紺色に染まりつつあった。

「いつもより遅くなったな。まっすぐ帰るか」

首に巻いた手ぬぐいの端を襟に押し込みながら、父がそう言ったのは、奏一郎を心配したためだろう。

なぜなら日が暮れると、人ならざるものが動き出すからだ。

「わたしなら大丈夫です。いつものように、榎坂《えのきざか》をまわって帰りましょう」

「平気か?」

「はい。ここいらの連中は、もう慣れっこです」

強がりではなかった。

奏一郎の父・梓木太一郎《あずさぎたいちろう》は西国の小藩、小鹿藩《おじかはん》の藩臣であったが、江戸定府《じょうふ》。すなわち藩主の参勤交代に随行せず、江戸藩邸に勤めている者なのだ。ちなみに藩主の参勤交代に随行し、一年だけ江戸住まいをするのを勤番《きんばん》という。

父は、江戸藩邸の小作事奉行に任じられている。父とともに、母と妹、奏一郎の四人で小鹿藩江戸上屋敷《かみやしき》の侍長屋《さむらいながや》に居を移して既に三年。奏一郎は数えで十二歳になった。分別もつく年だし、自分でも口にしたように慣れというのは大きい。

上屋敷に住み始めた当初は、夜が来るのが怖かった。夜闇が怖いとか、物音が怖いとか、そんなことではなかった。飛び抜けて臆病な性分でもない。

ただ奏一郎は、連中が見えるたちだったからだ。

連中とはすなわち――人ならざるものども――妖《あやかし》。

「そうか。ならば榎坂をまわって帰ろう」

父が嬉《うれ》しそうに応じる。

どこの藩の江戸屋敷でも同じだろうが、藩士やその家族の外出には制限がある。

定府の父と家族である奏一郎は、勤番の者に比べれば自由な方で、湯であれば二刻（約四時間）の外出が許された。これは楽しみの一つで、湯に入り、こざっぱりしてから、ぐるりと遠回りして溜池《ためいけ》の辺りの広々した景色を見ながら帰るのだ。

　口うるさい母や、きかん気な妹抜きで、父と二人でこうして歩くのが、奏一郎は何より好きだった。父は口数が多い方ではないが、おおらかで、いつも表情が優しい。そのせいか自分の配下の者のみならず、あまり関わりのない者たちからも慕われ、気安く挨拶《あいさつ》などされている。そんな父が誇らしい。

　立派な藩士になって主君にお仕えしたいというような志は、奏一郎にはまだない。ただ父に恥じないような人になりたいとは、子ども心にも強く思う。

「妖はこの辺りにも多いのか？　奏一郎」

　父は奏一郎と違って、見えるたちの人ではない。そもそも家族どころか梓木一族の中ですら、妖が見えるなどという者は奏一郎のみだった。

「多いです。日が暮れると溜池から出てくる連中が、かなりいるみたいです」

　肩を引き、父は気味悪そうに、遠く見える溜池の暗い水面へと視線を流した。

「溜池は、よもや魑魅《ちみ》の栖《す》のようなものではあるまいな」

　魑魅の栖とは、小鹿藩領内にあるという洞《ほら》の名だ。

　妖怪やら災厄やらが出てくる洞で、大殿《おおとの》、すなわち先代藩主の里川成隆《さとかわしげたか》が、かつてそこから出てきた旧鼠《きゅうそ》という大鼠《おおねずみ》の妖怪を退治したのだとか。城下から離れた山地にあるので、奏一郎は魑魅の栖に行ったことはないのだが、梓木家の祖がその辺りの出だということもあり、噂には聞いている。

「大殿が退治したと噂になったような大物は、いません。おとなしい小物ばかりが、ぞろぞろとひそんでいます。鬱陶《うっとう》しいものはおりますが、怖いものはいないです」

にこにこしている奏一郎に向かって、父は苦笑いした。

「おまえは難儀だな」

難儀、と父が評する奏一郎のたちは、物心つく頃からあった。

一番古い記憶は三つか四つのときのもので、夏、縁側のある開け放たれた六畳間で寝ていた。蚊遣《かや》りの匂いがしていた。

おそらく昼寝をしていたのだろうが、母はいなかった。

ふと目が覚め、縁側の方へ目をやった。外は小さな庭で竹垣が巡らしてあり、その向こうに畑があった。茄子が夏の陽射しに照らされ、濃紫につやつやとしているのをぼんやり見ていると、背後に何かの気配がした。

寝返ってみると、細く長い、裸の人の足がある。足をたどって視線をずうっと上に向けた。丈短《たけみじか》の麻の着物を身につけ、細い脛《すね》をさらす、あばら骨が浮くほどに痩せた男だった。天井に届く背丈で、手足は竹刀のように細く長い。ざんばら髪で、目がぎょろりとして、三尺（約九〇センチメートル）はあろうかという長い舌で、べろりべろりと天井を舐《な》めていた。

　びっくりして、目をまん丸にして見ていると、男は奏一郎の視線に気づいたらしい。飛び出した大きな目でこちらを見おろして一言、「見えるのか」と、面倒そうに言うと、しゅるしゅるっと細く紐《ひも》のように縮んで天井板の隙間に吸い込まれた。

　それから度々、連中に会うようになった。

　母の実家に行った帰り道、ずっとひたひたと何かが、後ろからついてきたり。川縁《かわべり》で遊んでいると、どう考えても人が立てない深みの真ん中に、頭に薄平べったい皿をのせた子どもの頭がずっと浮かんでいたり。

　そんなふうに、幼い頃から色々な連中を見た。

　妖は隠遁《いんとん》するので人の目には見えないのが常。ただどういうわけか奏一郎は生まれつき、隠遁した彼らの姿が見えるらしかった。

　九つまで国元《くにもと》で、そんな連中となんとなく折り合いをつけながら育ったが、江戸に移ってからは、しばらく困った。

　江戸の妖は国元の連中とは比べものにならないくらい、数が多くて、すれっからしだ。

国元の妖は気ままに生きていて、奏一郎に彼らが見えるなら、「まあ、見ていれば良いよ」と、いったような大らかさがあり、互いに極力干渉しないのが常だった。

しかし江戸の連中ときたら、奏一郎が見えるとわかると、鬱陶しいのか迷惑なのか、はたまた、はりきるのか。脅かしたり怖がらせたりしないではいられないらしい。

寝ている腹の上に、どかんと大きな首だけを落としてみたり。夕暮れ、侍長屋の外に出ると、しゅっとそばを通り過ぎて、脛の辺りの肌を薄く切り裂いてみたり。論語の素読《そどく》をしていると、バタンバタンと二階の部屋で大きな音を立ててみたり。

そのくせ、姿を見せようとしない。

上屋敷の外に出ても似たり寄ったり。日が暮れかかる頃、門限に間に合うように急いで帰ろうとせかせか歩いていると、人の姿などない古屋敷の塀の上から突然「うわん」と妙な声で脅されたり。すれ違った坊主の顔が、のっぺりと目鼻も口もなかったり。

しかしそんな江戸の妖にも、奏一郎はこの三年で慣れた。

やたらこちらに手を出したがるくせに、こそこそしている江戸の連中。彼らを、そういうものだと割り切ると怖くなくなった。それどころか「国元と違って面倒くさいなぁ」と思うようになり、今はその程度なのだ。

父子二人、遠回りを決めたは良かったが、みるみる辺りが暗くなってくる。

門限は暮れ六つ（午後六時頃）だから、あと半刻（約一時間）あまり余裕はあるが、肌の火照りも引いてきたので、父子の足は自然と早くなっていた。右手に美濃守《みののかみ》の中屋敷の長大な侍長屋の壁、左手に町家を見ながら通り過ぎ、榎坂に入る。先は三叉路《さんさろ》になっており、木の節のように広くなり、辻番所《つじばんしょ》が北と東の角にあった。

三叉路に近づくと、溜池の落し口から水が落ちるドンドという音が耳に届く。

辻番所にまだ灯《あか》りはなく、辻番は用を足しにでも行ったのか人影がない。

薄暮の辻は他よりもずっと闇が濃い気がして、奏一郎はふと不安を覚えて前方に目を凝らした、そのとき。

「あっ……！」

思わず、声をあげた。

ひと気のない、三叉路の広い辻を、さっと黒い影が二つ横切ったのだ。

一方の影を、一方が追っている。双方とも七つ、八つくらいの子どもの大きさだったが、身ごなしは子どもにあるまじき——いや、人にあるまじき素早さ。しかも影の一方、追われている方にきらりと輝いた、あやしげな二つの緑色の光。

妖だ。

二つの影は、ドンドと水音がする斜面へと駆け下っていったが、その直後、ぎゃあっと悲鳴が聞こえた。

(喧嘩⁉　妖同士の？)

父には、影は見えなかったようだ。しかし悲鳴は聞こえたらしく、立ち止まる。

「なんの声だ？　猫か？」

「喧嘩です、多分。妖の」

そろそろ妖たちが動き出す刻だが、辻番所の間を抜けるような大胆な真似をするのは、本来の連中の性質にはない。彼らは暗闇を好み、密《ひそ》やかに動き、人を避けるもの。

(なにか変事なのか？)

妖が争うような場を、今まで見たことがなかった。

再び、先ほどより激しく争う猫に似た声が、斜面の下から響いた。声はあまりに激しい。胸がざわつく。

「様子を見てきます！」

呼び止めようとする父の声を背に聞いたが、「大丈夫です。ちょっと見てくるだけです」と応じ、駆けて斜面をおりた。

薄墨に沈む溜池の景色に、ドンド、ドンドと水音が響いているなかで、また猫の悲鳴がした。その方向を見れば、黒い影が二つ組み合っている。正体は見えないのだが、互いに上になり下になり、激しく争っている。

一方の影には緑の輝きが二つ、時々光る。目だ。

双方、このままでは怪我をする。それどころか怪我ではすまない殺気すらあり、それが奏一郎を竦《すく》ませた。

しかし竦んでいたのは、瞬き一つの間。

奏一郎は咄嗟《とっさ》に足もとの石を拾い、二つの影に投げつけた。

驚いたらしい一方の影が、ぱっと高く跳ね、相手と距離をとって地面におりた。背を丸くしならせ、四つ足を地面に踏ん張りこちらを睨《ね》めつけたそれは、まさしく獣。人の子どもほどの大きさのある、真っ黒い痩せた狐《きつね》。

「人の小僧か……。わしが見えるのか」

不明瞭な、人語を話すのに慣れていないような濁った声で、黒狐が呻《うめ》いて歯を剝《む》き出したのが薄闇でもわかった。

「わたしだけでなく、人が来るぞ。辻番が声に驚いていたから」

人目を嫌うのが妖の特性だと知っていたので、出任せを言った。こう言っておけば、奏一郎が黒狐の邪魔をしたのか、もしくは親切に忠告をしたのか、どちらともとれる。恨まれたり、いきなり襲われる心配はないと、咄嗟に口をついて出た言葉だった。

低く唸《うな》った黒狐の威圧に、奏一郎の体の芯にわずかに残っていた湯の温《ぬく》みが、一気に冷える。

（余計なことをしてしまったか）

連中は人ではない。仮に人であっても、奏一郎とは縁もゆかりもない連中なのだから、いくらひどい喧嘩でも止める義理はない。

けれど悲痛な声を聞いては、背を向けられなかった。一方が、一方を追っていたのだ。あきらかに対等の争いではない。

奏一郎は、なんにでも首を突っ込むほど奇特ではない。遊び仲間同士が喧嘩をしても、「まあ、互いに気のすむまでやればいいか」と、暢気《のんき》に見物しがち。

ただ——弱い者いじめだけは心底嫌いだ。見ていて、腹がむかむかする。だから、それだけは見過ごせないと思ってしまう。

しかしこの場合は拙《まず》かったのだろうか。

気の立った黒狐に襲われたら命はない。

体は芯から冷えたのに、握った両掌《りょうて》は、急に汗でぬめった。

背後をふり返った黒狐が、舌打ちした。その視線を追うと、傾斜地の上、紺色の空を背景にこちらを見おろす人影がある。父だ。

黒狐は身を翻《ひるがえ》し、水の落し口の方へと駆け出す。

薄闇の向こうに黒狐が消えたのを確認してから、ほっと息をつき、奏一郎は地面にうずくまっている影に近づく。

近づいてみて驚いた。うずくまっているのは人の子だ。

慌てて奏一郎は、子どもの肩に手をかけた。

「大丈夫かい。立てるか？」

触れた肩が震えている。

（どうして人の子が妖に襲われたんだ？）

声をかけつつ、肩を撫《な》で、背を撫で、脇の下に手を入れて、団子虫のように硬く丸くなっているのを解きほぐして、地面に座らせた。地面に座り込んだ子どもは、涙と砂に汚れた顔を、ようやくあげる。

奏一郎を見やった双眸《そうぼう》が緑色に光った。やたら丸くて大きな瞳は、猫の目だ。

あっと、奏一郎は悟った。

人の子どものように見えているが、この子も妖なのだ。確かに三叉路を駆け抜けたあの速さは、人ならざる者ならではのものだった。ただ猫目の他は、妖らしさはない。前髪立ちで可愛らしい顔つきをしており、小袖も袴《はかま》も手触りからすると絹だ。身なりから、大身の旗本の子息のようにも思える。

「大丈夫か？」

父が斜面をおりてきて、跪《ひざまず》く奏一郎と、猫目の子どもの傍らに腰を落とす。

「怪我をしているな」

言いながら父は、子どもの頬の擦り傷についた砂粒を指でこそげ落とす。子どもはすこし痛そうな顔をしたが、むっつり黙っている。抵抗しないのは、方々が痛むからだろう。頬の擦り傷のみならず、砂埃《すなぼこり》に汚れた袴からのぞく踝《くるぶし》が腫《は》れている。

「奏一郎。この子も妖なのか？」

「はい、多分」

「妖とはいえ、子どもか。怪我もしているようだ。放っておくこともできまいが……」

「近くに、この子の仲間がいれば良いですが。あるいは、この子のねぐらがあるならば、そこへ送ってやれれば」

ねぐらは近いのかいと訊《き》こうとしたそのとき、子どもの鼻の横に、ひょんと細い猫髭《ねこひげ》が幾本か飛び出した。

思わず奏一郎は噴き出す。

「化けそこねが、甚だしいな。もしかして、それで面倒ごとに巻き込まれたのか」

「ちがう！」

はじめて、子どもが甲高い勝ち気な声を出す。

「化けそこねてなど、ない！」

「じゃあ、なんだい？　妖仲間の縄張り争いかなにかか？」

「……ちがう……」

今度は力なく言って、俯《うつむ》く。

「まあ、いいか。それでおまえ、ねぐらはどこ？　近くならば送ってあげる」

ますます子どもは視線をさげる。自分がどこから来たか、言いたくないらしい。

（困ったな。かかわってしまったからには、放ってもおけないし）

このまま置いていけば、あの黒狐に見つかってしまうかもしれない。

そよそよと吹く風に、子どもの頬の、しまいそこねている柔らかな猫髭が揺れる。それを見ていると、奏一郎の胸に温かさがさす。

（これは仔猫なのだろうな。人も妖も、子どもは子ども、可愛いなぁ）

妖に、赤子や大人、老人などの違いがあるのかは定かではないが、目の前の子どもは、見た目通りの子どものように感じられた。化け猫だとしても、仔猫の化け猫だろう。

ただ年を経た猫が化け猫になるのだから、仔猫の化け猫とは、どうやったら成るのか不可解ではあるが──。

父は、猫髭と、ぴかりと光った緑の瞳に驚いたらしく、目を見開いている。

「まことに、これが……奏一郎の言う妖か。はじめて会った」

妖が隠遁するのは、人が息をするほどに自然なことらしいが、仔猫はそれもできないらしい。

こんな仔猫が、どうして恐ろしげな黒狐に追われたのだろう。事情はあるのだろうが、弱々しい様子は気の毒だ。

「父上、この子。なんとかしてやれませんか」

「この子を連れて上屋敷の門は潜《くぐ》れぬ。お屋敷内に、得体の知れぬ者は入れられぬ」

「妖ならば、お屋敷内にいっぱい、おりますよ？　見えないだけで」

「とはいえ、新たに引き入れるなどならん」

日は暮れていく。門限も迫るので、ぐずぐずしてはいられない。

焦りつつも奏一郎は考えを巡らせ、ひとつ妙案を思いついた。

「ならば今夜一晩だけ、この子を預かってほしいと、谷町《たにまち》の貸本屋にお願いしてみます。谷町なら上屋敷から近いし、明日、わたしがこの子から話を聞いて、この子のねぐらまで送っていきますから」

「おお、あの男か。なるほど」

近頃、上屋敷に出入りするようになった、谷町から来る貸本屋がいた。父は顔を知っている程度だろうが、読本《よみほん》好きの奏一郎とは親しくしている。

ひょうけた男で、奏一郎が「わたしは妖が見えるたちだ」と打ち明けたときにも、「へぇ、そりゃ。剛毅なたちですな」と、驚いた様子もなく応じ、自分も幽霊ならば二、三度怒鳴りつけて追い出したことがあるとうそぶいた。あの男なら、幾ばくか駄賃を渡せば、ちょっと様子が変わった得体の知れない子どもでも、一晩泊めてくれそうだ。

「そうと決まれば、門限もある。急がなくてはな」

父が立ちあがったので、奏一郎はしゃがんだまま、化け仔猫に背を向ける。

「ほら、おぶさって」

首をねじって背後を見ると、戸惑う緑の瞳があった。

「わたしたちは小鹿藩上屋敷の者で、門限までに、帰らなくてはならないんだ」

「小鹿藩?」

化け仔猫が、目をくりくりさせる。

「そう。知っている?　上屋敷はこの近くなんだ。けれど谷町まで行って戻るなら、ゆっくりと歩いていては間に合わないから。おぶるよ」

良いのかと問うように、化け仔猫は父を見あげた。すると父も「さ、早く」と促す。化け仔猫はおずおずと奏一郎の背にしがみつく。

（ほかほかするな）

冷えた背中に、化け仔猫の体は温かかった。肌が人よりも温かいのだろう。

「参りましょう」

立ちあがった奏一郎は、父と一緒に早足で谷町へと向かった。

先に父が歩き、化け仔猫を背負った奏一郎が遅れないようについていく。

「喧嘩は、もうよしなよ」

歩きながら言うと、化け仔猫が拗《す》ねたように小さく応じる。

「喧嘩ではない」

身なりもそうだが、言葉遣いも武家の子のようだった。

「そうなの？　なんにしろ、二度と危ない目にあわないよう用心しないと」

「そなた、驚かんな。黒狐も見えていたはずなのに」

奏一郎は笑った。

「わたしは昔から妖が見えるたちだから、慣れっこだよ。それよりもおまえの方こそ、あんな殺気だった喧嘩をするなんて。妖の界隈《かいわい》に変事でもあったのか？」

肩にかかっていた化け仔猫の手に、きゅっと力が入った。

「なにかが、わたしの父上を狙っている」

「おまえの父上を？　妖同士が権を争ったりするのか？」

「争っているのではない。一方的に……なにかが……」

それきり化け仔猫は黙ってしまった。ことが複雑なのか、うまく説明できないのかもしれない。詳細を問うのは難しそうだ。そもそも、こんな幼い様子の化け仔猫が、妖同士が争うような変事にかかわるのは危ういだろう。

「なにがあるのかはまあ、置いておいて。大変なことなら大人に任せて、おまえはもうかかわらない方が良いよ。怪我をしちゃつまらないから。自分の身は大切にするもんだ」

つい、妹の辰《たつ》にするように諭した。

背中ですんと、洟をすする音がした。泣いているのだろうか。気持ちが落ち着いて、ようやく怖くなったのか、哀《かな》しくなったのか。

(この子はどんな素性の化け猫なのだろう)

せかせか歩いていると、洟をすする音が小さくなって、背に乗っかかっている重みが増す。体のこわばりがとけ、化け仔猫はぴたりと奏一郎の背に密着したらしい。重みと温かさは、心地よかった。

「わたしは奏一郎というんだ。先を歩いているのは、わたしの父上。名は梓木太一郎だよ。おまえの名は？」

あやすように問うが、答えはなかった。

左右に築地塀《ついじべい》を見ながら坂をのぼっていると、息が切れてくる。先を行く父に遅れないように足を速めようと、背の化け仔猫をゆすりあげた。すると。

「そなたの背中は、良い香りがする……。ありがとう」

細い澄んだ声で、背中の化け仔猫が言ったと思うと、とんっと、腰の辺りを軽く叩かれたような感覚がし、背から重みが消える。

「えっ……っ!?」

まさかずり落としてしまったかと焦ってふり返ったが、そこには誰もいない。

無論、背中の重みもない。

(消えた)

呆然《ぼうぜん》として立ちつくすと、先を行く父が気づきふり返る。

「どうした、奏一郎」

奏一郎はぽかんとしたまま応じた。

「消えました、あの子」

早足で父が引き返してくる。

奏一郎は左右の築地塀の上へ視線を向け、化け仔猫の姿を探したが、あるのはしんと静かな夕闇が迫る空ばかり。

「なんと、消えたのか」

「あの子、無事にねぐらに帰ってくれたら良いですが」

応じながら奏一郎は思った。

(それにしても、なにがあったのだろう。あの化け仔猫に)

突然背中から温みが消えたので、首筋に吹いた風がいやに冷たく感じた。


奏一郎がこの化け仔猫と再会して素性を知るのは、これより七年後の春――。

一、お家の秘密なので

1

すこしでも早く父の容態を確認しようと気が急《せ》いて、取り次ぎも願わず、虎千代《とらちよ》は直接父の寝間へと向かっていた。父であっても藩主である。常ならば許されない非礼であったが、礼儀だの礼節だのとこだわっていられる時ではない。

幼さの残る、前髪のよく似合う虎千代の白い顔には、先ほどまでの緊張の残滓《ざんし》があった。つんとした嫌な臭いと頬の引きつれた感覚に気づき、手で拭うと、赤茶のぬるりとした何かが指についた。それを袴にこすりつけ、ついでに袖で頬も拭う。

虎千代の背後には、禿頭《とくとう》で、黒い無紋の羽織に着流し姿の老人が従っていたが、

「若殿。わたしは、ここでお暇《いとま》しましょう」

御殿の中奥へ近づくと、老人は静かに告げる。

歩みは止めず、虎千代はちらっと背後を見やってから頷《うなず》く。

「礼を言う。ぬらりひょん」

「なんの」と、小さく笑いを含んだ応えとともに、老人の姿はすっと闇に溶け、消えた。

廊下の所々に灯《とも》る瓦灯《がとう》の灯りの揺らめきに急かされるように、虎千代は暗い廊下を急ぐ。

父の寝間の前まで来ると、閉じた障子の向こうに丸行灯《まるあんどん》のぼんやりとした灯りが透けて見え、人影が一つ浮かんでいる。

(母上がついておられるのか。ならば好都合)

「失礼します」と、虎千代は障子を開けた。

「虎千代」

八畳間の中央に敷かれた布団に、父、里川芳隆《よしたか》が目を閉じて横たわっていた。その枕元にいた芳隆の正室であり、虎千代の母でもある縞《しま》が、目を見開く。

「どうしました。取り次ぎもなく殿の寝間に」

虎千代は答えることなく、縞とは反対側の枕元に座り、芳隆の顔を覗き込む。

顔色は紙のように白く、胸が上下していなければ骸《むくろ》かと思えるほどだった。しかし落ち着いている。削《そ》げた頬を見ればどれほど憔悴《しょうすい》しているかは窺《うかが》えるが、一刻前の苦しみように比べれば、なんということもないと思えた。

(やはり、落ち着かれたか)

芳隆の様子を認め、虎千代は確信した。

(まちがいなく、あの朧車《おぼろぐるま》がかかわっていたのだ)

虎千代が顔をあげると、母が眉をひそめ、袖で鼻から下を覆う。

「そなた嫌な臭いがします」

「申し訳ありません。裏門の外で朧車を斬って、そのまま参りましたので」

硬い声で応じると、恐怖と興奮の痺れが残る背筋がぞくっとした。

「屋敷から出たのですか⁉ なぜ、そのようなことを。しかも朧車が？ あなたは何をしていたのですか」

縞が目を見開く。

母の目をじっと見つめ、虎千代は告げた。

「父上のご様子から妖の仕業と確信し、探しました。あの朧車が、おそらく父上に障りを起こしていたと思われます」

小鹿藩江戸上屋敷は、今夜変事に見舞われたのだ。

参勤交代のため、国元から藩主の里川芳隆が江戸上屋敷に入ったのは半月前。例年通り、上屋敷は殿を迎える準備を万端整えており、家臣たちも落ち着いて殿を迎え、芳隆は昨日、江戸城への登城も果たした。

つつがなく藩主の在府が始まったかに思えた。

だが今日、陽が傾き始めた一刻前にことは起こった。

今日、虎千代は芳隆とともに夕餉《ゆうげ》をとる日だった。互いの膳をはさんで座り、箸を手に取った。吸い物をすすって飯を一口食べてすぐに、芳隆が苦しいと胸を押さえて畳の上に横倒しになった。給仕の御鉢係《おはちがかり》は慌てふためき、虎千代もすぐさま立って介抱しようとしたが、芳隆は膳を蹴り、もがき苦しみ、手がつけられない。

騒ぎを聞きつけて人が集まり、芳隆を抱え、寝間へと運ぶ。

医者が呼ばれたが、「毒ではない。なぜお苦しみか見当がつかない」と、顔を青くした。

駆けつけた縞は、きっと周囲を見回し、従ってきた女中に細く鋭い声で何事か命じ、自分は芳隆の枕元に座った。虎千代は寝間から出て行くように命じられ、廊下に立ちすくんだ。

毒を盛られたわけでもなく、唐突に苦しむとしたら、何か良からぬものの仕業。

妖どもの仕業に違いなかった。

なにしろ――小鹿藩藩主里川一門には、呪いがかかっているのだから。

七年前、似たようなことがあった。その時は縞の力で退けたが、以降、芳隆の命を狙う妖が度々姿をみせる。縞も家老衆も、芳隆を狙う妖の正体を探ろうと密かに動き続けているし、妖が近づかないように身辺に気を配っている。

ただ国元の城や江戸上屋敷には、芳隆を護《まも》る結界が張ってあるために、誰しも油断していた。

寝間から聞こえる父のうめき声をしばらく聞いていると、驚きから醒《さ》め、虎千代はじっとしていられなくなった。芳隆を襲う何かを探して広い上屋敷の中を闇雲に駆け回った。

すると異変を察し、ぬらりひょんが、ひょいと現れた。事情を知ると、虎千代とともに上屋敷の中を探った。

あちこちに猫がいた。上屋敷には数十匹の猫がいる。猫たちもまた駆け回っており、隅々まで嗅ぎ回っている。それでも猫たちは何も見つけられないらしく、やたらと嗅ぎ回っているだけ。

それがわかってから、虎千代は屋敷から飛び出した。

屋敷の中に妖しいものがいなければ、外だ。

ぬらりひょんを従え、侍長屋の屋根を越え、虎千代は武家地の路地に降り立った。

するとごうごうと暗闇の中に音が響き、朱に光る、牛の繋《つな》がれていない牛車《ぎっしゃ》が、とてつもない速さで近づいてきたのだ。

牛は繋がれていないし車輪も回っていないのに、地面から浮いて滑り低い音を轟《とどろ》かせる牛車の背後には、大きな首がついていた。ざんばら髪にぎょろ目の女の顔。揺らめく朱の光は気分の悪くなるような禍々《まがまが》しさを放っていた。

話に聞いたことはあったが初めて目にする妖、朧車だった。

朧車は、上屋敷の中に住んでいる家鳴《やな》りや天井なめのような、温和で数の多い妖ではない。数が少なく滅多《めった》に現れないし、しかも出現すれば凶事を引き起こす妖。

邪悪な気配に怯《ひる》みかけたが、父の苦しむ姿が思い出され、それが怒りになり、恐怖と躊躇《ためら》いを押し流した。

虎千代はふたたび侍長屋の屋根に飛び乗り、従ってきたぬらりひょんに「出せ、刀っ！」と鋭く命じ、差し出された刀の柄《つか》を握り、朧車が眼下を通ったその時に身を躍らせ、女の頭を脳天から斬った。

朧車は赤黒いどろりとしたものを噴き出し、くるくるっとその場で回転し、霧散した。

「あのような邪悪な妖が屋敷の周りに現れたのですか？　いいえ、それは、そうとして。あなたが斬った？」

問う縞の声には、驚き、責めるような響きがあった。

「父上のご様子から常の病と思えませんでした。母上もそうお考えであったから、猫たちに嗅ぎ回らせていたのでしょう。しかし屋敷の中には何もない。であれば外に何かあるはずと、外へ出ました。そして朧車に会いました。あのような妖、滅多に出ないでしょう。先ほども申しましたが、あれが父上の異変の原因のはず」

虎千代の言葉を、きっと目を吊り上げた縞が遮る。

「いいえ！　屋敷外に朧車が現れようが、関係はありません！　結界があるのですから」

「しかし朧車を斬った後に、父上のご様子は落ち着かれたのではないですか？」

「難が去った時が、たまたま重なっただけでしょう。偶然を安易に結びつけてはなりません」

「では、なぜ、父上はかようなご様子に!?　先ほどの妖の仕業の他考えられませせぬ」

膝に重ねた手を、縞はぐっと握った。

「妖がかかわっているのは間違いありません。しかしどこの何が殿にこのような障りをもたらしているのかは、わたくしと庄司《しょうじ》とで調べます。あなたは、余計なことをしてはなりません。今のように、勝手に屋敷から出て邪悪な妖に立ち向かうなど、絶対にしてはいけません」

「父上がこんなご様子なのに何もするなと!?」

「そうです。あなたは世嗣《よつぎ》。あなたの身に何かがあっては、大殿に顔向けできません」

虎千代と縞、視線がきりっと絡み合う。するとふと、七年前の優しい少年の声を思い出した。

──おまえはもうかかわらない方が良いよ。怪我をしちゃつまらないから。自分の身は大切にするもんだ。

七年前、危ないところを助けてくれた少年は優しく諭してくれた。穏やかな思いやりのある言葉に慰撫《いぶ》され、己の未熟さを省みて以降、少年の助言の通りに芳隆を巡る妖どものことは、縞と家老衆に任せていた。

しかし。

(結界がある。にもかかわらず、こんなことが起きた。これは父上を狙うものが、より力をつけた、あるいは新たな力が加わったとみるべきではないか)

今までのやり方が通用しないならば、こちらも、新たな力を加えるべき。そして力になれるのは、虎千代しかいない。

「……嫌です」

絡む視線を、虎千代は押し返す。

「わたしは父上のために、できることをいたします」

「なりません。おとなしくしておいでなさい」

虎千代は立ちあがった。

「できませぬ！」

寝間を出て、足早に廊下を歩みながら、虎千代は自分の気持ちがこれ以上大きくならないために腹に力をこめた。常に抱えている母への憤りと己の立場のあやふやさが、父の身を案ずる気持ちと、先ほど妖を斬った興奮と混じり、なんともいえない、焦燥感に似た苛《いら》立《だ》ちになっていた。

（母上はよくわかっているはずだ。わたしが、わかっているのだから。だからわたしは、父上、ひいては里川一門に害なすものと対峙《たいじ》しなければならない）

七年前出会った優しい少年は、かかわらない方が良いと言ってくれたが、もはやそうもいかないようだ。

朧車と遭遇してから、体の力がゆるまない。痛みさえ覚えるそれをどうしようもできず、虎千代は拳を握るが、それがさらに体を硬くする。

（里川一門の呪いをとかねばならない。それができるのは、わたししかいない。そして呪いがとければ、わたしは……）

§

小鹿藩藩士・梓木奏一郎は長旅の末に、晩春の空のもと、戸惑いながらも江戸に入った。

(妙なことだなぁ)

考え考え、彼は江戸の町を歩く。

路《みち》の左手には武家屋敷の白い塀、右手には美濃守の中屋敷、侍長屋の壁が続いている。人通りはなく、塀越しに松の枝などが時々青く顔を覗かせているだけ。

雲は薄くちぎれ、空は澄んで晴れている。

(なぜわたしは、こうして江戸に呼ばれたんだろう?)

美濃守の中屋敷を過ぎると、もうすぐ目的の場所、小鹿藩江戸上屋敷に到着するはずだった。

藩邸を預かる江戸家老、庄司主膳《しゅぜん》の書状によって国元から江戸へと呼ばれ、奏一郎ははるばる旅してきた。供はなく、一人旅である。梓木家の家禄であれば、槍持《やりもち》、草履取りの中間《ちゅうげん》をそろえるべきだったが、そのような懐の余裕がない。

ここまで来ても奏一郎はまだ、自分が江戸に呼ばれた理由がさっぱりわからない。

国元の小鹿藩から江戸まで、東へ一八五里（約七四〇キロメートル）。十九歳の若者の足で、おおよそ二十日の旅。その間ずっと、自分が呼ばれたわけを考え続けていた。

京よりもさらに西にある、外様《とざま》五万石の小藩・小鹿藩。

藩臣である奏一郎は二十日前まで、作事奉行配下小作事方として勤めていた。父の同輩であった烏帽子親《えぼしおや》の下で見習いとして勤めはじめて、ようやく二年前、正式に小作事方となったばかり。

この二年さしたる失敗もなく、かといってたいした活躍もなく、日々堅実に勤めていたはずだったが、突然、城代家老に呼び出された。

梓木家の身分は士分だが、お目見えの中でも下から二番目で家禄百石。家老の目にとまるような立場にはない。にもかかわらず城代家老に呼ばれたことで、奏一郎も驚いたが、青い顔をしたのは作事奉行だった。奏一郎がなにか、とんでもないことをしでかして呼ばれたのだとしたら、自分も責任を問われると思ったらしい。

不安ながら御用所《ごようしょ》に行くと、一通の書状を見せられた。

書状は江戸家老、庄司主膳からのもので、梓木奏一郎を江戸の上屋敷へ遣わしてくれという内容のものだった。

城代家老同様に、江戸家老も、奏一郎の存在など知らないはずだ。

にもかかわらず、指名で江戸に来いという。

なんらかの理由で、江戸藩邸で急に人手が必要になったのだろうかとも考えたが、奏一郎を指名しているのが妙だ。

小鹿藩藩主、山内守《さんないのかみ》里川芳隆は、み月《つき》前に参勤交代で江戸に入ったばかり。江戸家老ならば、迎える準備は万端整えておくはずで、殿が上屋敷に入ってから慌てて人手が足りないと騒ぐ無様なことはしないはず。

妙なことずくめだった。

(なにか、よからぬことでなければ良いけれど)

しかし呼ばれてしまったからには、仕方ない。なるようになるだろう。

江戸、小鹿藩上屋敷をぐるりと巡る侍長屋の壁を横目に見ながら歩んでいると、なまこ壁の高い位置、二階にあたる部分に開いた曰窓《いわくまど》から、「おい！」と、呼ばれた。

足を止めてふり仰ぐが、人影はなく、しんとしている。

聞き違いかと思って歩き出そうとすると、再び「おい！」と、声がかかる。足を止めると、けらけらけらと高い笑い声がすうっと長屋の奥へ飛ぶように消えていく。

「昔の顔馴染《なじ》みか？」

妖だろう。

五年前まで奏一郎も住んでいたこの上屋敷には、妖が多く住み着いている。早速、妖の歓迎らしきものを受けたようだ。

妖にからかわれた奏一郎を、侍長屋の屋根から、三毛と白、二匹の猫が見おろしていた。三毛と目が合うと、猫はくわっと大きくあくびした。

（……猫）

江戸の猫を久々に目にして、奏一郎はかつて出会った化け仔猫のことを、読本をめくりなおしたように思い出した。いつだったか湯の帰り、父とともに助けた化け仔猫。

（そういえば、可愛らしかったなぁ、あの化け仔猫は。今は、大きくなっているだろうな）

化け仔猫のことは気になっていたが、実は、あれきり会うことはなかった。

時々父と、あの化け仔猫はなんだったのだろうかと話題にすることはあったが、以降は妖同士の喧嘩に遭遇することすらなかった。

しかも化け仔猫に会った二年後、父が病で急逝した。

位牌《いはい》を抱いて母と妹とともに国元に帰り、烏帽子親を決め、急ぎ元服。さらに家督相続と、見習いとしての出仕。

日々のあれこれに取り紛れ、化け仔猫のことも江戸のこともすっかり忘れて、五年。

多少の波風はあれど、このまま粛々《しゅくしゅく》と勤め、嫁を取り、いずれ梓木家系図の一部になるだけの、穏やかな人生になるだろう。奏一郎は自分の行く先をそう予想していたし、望みだった。

元来、さしたる欲もない。だからこそ、ぼんやりしているとか、十九にして既に隠居のようだ、などと同輩などにからかわれるが、それで良いと思っていた。

しかし――。

突然奏一郎は江戸に呼ばれ、疑問を抱きつつも、こうして再び江戸の地を踏むことになっている。

表門の前に立つと、扉はいつものように閉じられていた。潜り戸は開いており、門の脇にある番所の物見窓の奥から、門番が胡乱《うろん》げに奏一郎を見やる。

邸内の庭に居着いているのか、いまだ伴侶を得られぬ鶯《うぐいす》が良い声で鳴いた。

「国元から参りました、作事奉行配下の梓木奏一郎と申します。江戸家老、庄司主膳様より呼び出しを受けました。書状がこちらに」

潜り戸に近づくと門番が出てきたので、奏一郎が書状を取り出そうと懐を探っていると、門番が驚いたような声を出す。

「梓木……？　梓木太一郎殿のご子息の？」

顔をあげると、見覚えのある顔だった。

「やはり、奏一郎さん。お懐かしい。父上には大変お世話になっておりました。覚えておられませんか。坂口義左衛門《さかぐちぎざえもん》です」

名を聞いて思い出した。奏一郎たちが江戸上屋敷に居を移して二、三年後に、国元からやってきた徒組《かちぐみ》の者だった。門番になった当初は閉門が遅れるへまなどをやらかし、徒頭《かちがしら》にどやされていたが、それを父が取りなしていたのを思い出す。

以前に比べ坂口は門番としての風格が出て、落ち着いている。

「あ、覚えております。花林糖《かりんとう》を頂きました」

父に恩義を感じていた坂口は、奏一郎が門を潜ることがあると、時々、紙に包んだ花林糖をくれた。

「覚えていてくれましたか」

目元に笑い皺《じわ》を寄せて坂口は頭をさげ、奏一郎が懐から書状を出す前に、奥の大部屋の中間に向かって、「梓木殿がお着きだと知らせろ」と声をかけて通してくれた。

父と過ごした時を思い出させる、藩邸の様子や人々との懐かしさに触れる間もなく、すぐに若党が早足でやってきた。

若党は敷地の西側にある、竹垣で囲われた江戸家老の住まいへと奏一郎を案内した。

足をすすぐ水を使い、腰のものを預けて中にあがった。

（なんだか、おかしな雲行きだ）

案内された八畳間に座って、奏一郎は埃っぽい袴の膝を撫でる。

公《おおやけ》の御用であれば、御用所に招き入れられるはずだ。しかも案内に出てきたのは、江戸家老の配下にある若党。ということは、奏一郎は江戸家老の個人的な用件で呼ばれたのだろうか？　しかし城代家老を通して呼ばれたので、私的なこととも思えない。

不可解を覚えながらも待っていると、背後で襖《ふすま》が開いた。

江戸家老かと思い手をつこうとしたが、奏一郎の傍らを通り過ぎたのは江戸家老ではなかった。

禿頭に真っ黒い絹の着物を着流して、無紋の羽織を身につけた老人だ。

老人は音もなく八畳間に入ってくると、奏一郎を無視し、庭に向かって開かれた広縁に出て腰を下ろす。懐中煙草《たばこ》入れを取り出すと、竹垣で囲われた小さな庭を眺めながら煙管《キセル》に煙草を詰めつつ、鶯が鳴いたのに目を細めた。

奏一郎にはこの老人が、常のものではないとすぐにわかった。影がないのだ。しかも老人は、奏一郎には自分の姿が見えていないと決め込んでいる。

「あの、申し訳ない。煙草はやめてもらえますか？」

やんわりと声をかけると、老人がぎょっとしてふり返った。

「匂いが残ると、待っている間に、わたしが煙草を吸ったように思われかねませんので」

「……ほぉ」

老人が目を細める。

「見えるのかい、おまえさん。さすがは縞様のお国の者だねぇ。妖を見るとは」

歯切れの良い江戸弁を使う妖は、煙草入れを懐中にしまうと、すらっと立った。

(縞様?)

誰のことかといぶかったが、妖は奏一郎の表情など気にせず、にこりと笑う。

「匂いに気をつかうたちなんだねぇ、おまえさん。埃っぽい旅姿にしちゃ、香りが良いね」

「そうですか? 特に、気は遣っていませんが」

香りが良いと言われ、戸惑った。自分では汗臭いばかりだが、鼻が曲がるようだと言われるよりは良いだろう。

「退散しよう。縞様に、よろしく伝えてくんねぇ」

「縞様とは、どなたのことですか?」

「まあ、早々に会えるだろうよ」

黒い袖をさっとひるがえし、妖は出て行く。襖が開きっぱなしになったので、奏一郎は立って閉め、再び座る。

(相変わらず上屋敷は、妖が多い)

国元では、妖はさほどいない。奏一郎の屋敷にならば、月に二、三度、気まぐれに姿を見せる妖はいるが、城ではほとんど見たことがない。城下をはずれた田舎道では、時々行き会ったりもするが、その程度だ。

国元と違って、江戸には人がぎっちりと住んでいる。妖たちもそれと同様、数が多い。人が多いと妖も多くなるのは、二者の間になんらかの結びつきがあるからなのだろう。

(しかし縞様とは、だれのことを言っていたのだろうか。あの妖)

また襖が開く。

今度こそ入ってきたのは人だったので、奏一郎は手をついて頭をさげた。

「待たせたな。顔をあげよ」

促されたので、奏一郎は顔をあげて、「お召しにより参りました。梓木奏一郎でございます」と名乗った。

正面に端座している人の顔を、奏一郎は知っていた。江戸家老、庄司主膳。齢《よわい》四十ほどのはずだが、五つ、六つ若く見える。いかにも賢《さか》しそうな、鋭い顔つきをしており、実際切れ者と聞く。

先代の後を継いで江戸家老となったのは二年前だが、以前から、奏一郎の父も「主膳殿は、なかなかな御仁だ」と口にしているのを、何度か耳にしたことがある。

主膳は、顔をあげた奏一郎を見つめた。自分で呼んでおきながら、「なぜ、おまえはここにいるのだ?」とでも問いたげな、なんとも言えない表情だ。

しばらく経《た》って主膳がぽつりと口にした。

「この者で用をなすのか?」

自問自答のような呟《つぶや》きに、奏一郎は内心首を傾《かし》げて、つい問う。

「庄司様。もしやお呼びだったのは、わたしではないのでしょうか? わたしが参りましたのは、何かの手違いでしょうか」

そうとしか思えなかったが、

「間違いではありません」

澄んだ声が聞こえた。

背後をふり返り、奏一郎はどきりとした。

(この御方は……っ!)

開いた襖の向こうに立っていたのは、片外しの髷《まげ》に、裾に松模様の濃紫の打掛《うちかけ》姿の女だった。傍らに腰をこごめて、女中が一人ついている。

会ったことはなかったが、江戸上屋敷でこのような身なりの女性は一人しかいないはず。藩主、里川芳隆の正室だ。

慌てて奏一郎は手をつき顔を伏せ、主膳は座を譲り、奏一郎の近くへさがる。

「顔をあげなさい」

命じられ、奏一郎は顔をあげたが、先ほどよりも混乱に拍車がかかっていた。藩主の正室は常に御殿の奥にいるものだ。上屋敷内とはいえ、家老の住まいに出向いてくるなど、普通では考えられない。おしのびで来たのだろう。

江戸家老と正室に見すえられ、さすがに暢気な性分の奏一郎も身が強ばった。

相手の身分にも萎縮したが、それ以上に、美しさにどぎまぎした。整った目鼻立ちの、細面《ほそおもて》。白い肌。華奢《きやしゃ》ではあったが、立ち居振る舞いは滑らかで、体の芯の強さも窺える。

傍らを通り過ぎると、打掛の裾からふわりと香の薫りがした。

「詳しいことは、もう話しましたか？　庄司」

多少吊りぎみの形良い目が、主膳を見やった。

「これからです」

「では、まず。この者に、己の役目を教えてやりなさい」

促され、主膳が奏一郎に向き直る。

「梓木。こちらにおわすのは殿の御正室、縞様である」

「梓木奏一郎にございます」

と、ひとつ頭をさげて名乗ったが、そのときにはっとした。

（そうか、御正室のお名が縞様だったか！）

先ほどの妖が口にしたのは、藩主の正室の名だ。普段、奏一郎のような立場の者が、殿の正室の名など耳にしない。ただ御正室、あるいは奥におわす方として奥様とのみ呼ぶので、すっかり正室の名が縞であると忘れていた。

「どうしました？」

奏一郎の驚き顔に気づいたらしい縞が問うが、慌てて首を横に振る。

「なんでもございません」

さっきここに来た妖が、あなた様によろしくと言っていた……などと、口に出せない。言ったが最後、正気を疑われ、家禄を召し上げられかねない大惨事になりそうだ。

「さて、梓木。こうして縞様がこちらにいらしたのにも、理由がある。おまえを江戸に呼び寄せるように命じられたのは、縞様なのだ。おまえはこれから、中奥小姓《なかおくこしょう》として勤めてもらうことになる」

面食らった。

（なぜ縞様が？　しかも中奥小姓）

奏一郎は今まで作事奉行配下の小作事方で、城の修繕などの細々《こまごま》したことの采配をしていたし、亡くなった父もかつては小作事方であった。一方、これから勤めよと命じられた中奥小姓とは、藩主が起居する御殿の中奥に仕える者。畑違いもいいところだ。

「わたしのような不調法者が殿のお近くに仕えて、よろしいのでしょうか」

「そなたは殿ではなく、若殿の虎千代様に仕えてもらう」

藩主芳隆には、世嗣の男子が一人いる。元服間近の十四歳だったはずで、名は虎千代。不思議なことに藩主一族の里川一門には若い者がいない。ここ二十年以上も、世嗣の虎千代以外の子どもが生まれていない。

一門にとっても、藩にとっても、世嗣の虎千代は最も大切な少年だ。

ただ奏一郎にしてみれば、殿でも若殿でも、勝手がわからないのは一緒だ。

「なぜ、わたしなのでしょうか」

思わず訊いてしまった。

国元から呼び寄せるならば、もっと気のきく者も選べただろうに、なぜ奏一郎なのだろうか。縞が命じたと主膳は言ったが、家老衆と同様、殿の正室と奏一郎の接点などありはしない。

ふうんと深く息を吐くと、主膳は姿勢を正して厳《おごそ》かに告げる。

「若殿を御してもらいたい。そのために、そなたを選んだ」

「御すとは？　いかような意味でしょうか」

「若殿は、奔放なたちでいらっしゃる。それを宥《なだ》め、すかし、落ち着かせるお役目だ。そなたにしかできぬだろうと、縞様は仰せだ。わたしも縞様のお話を伺い、同意した」

ますます内心で首をひねる。要するに、きかん気な若殿を落ち着かせろということなのかもしれないが、なぜそれで、奏一郎に白羽の矢が立ったのか。

奏一郎の戸惑いをよそに、主膳は続ける。しかも、

「そなた、妖が見えるそうだな」

と問われた。妙な方向へ、ぽんと話が飛ぶ。

「え、いえ。そのようなことは、ありません」

慌てて否定する。

確かに奏一郎は妖が見えるし、そのことを周囲に隠していない。同輩などはからかい半分に「おい、あそこにはなにかいるのかい」などと、気味が悪いと評判の淵の話を持ち出してきたりする。それは本気半分、戯《ざ》れ言《ごと》半分。遊びのうちなのだ。だから奏一郎も気軽

に「あそこには河童《かっぱ》がいるよ」などと答えてはいるが、流石《さすが》に藩の重臣の前で「妖が見えます」と、胸を張れない。頭の中を疑われそうだ。

頭の中を疑われれば、家禄が――。

「隠さなくとも良い」

「誤解なきように、庄司様。同輩たちとあれこれ莫迦げた戯れ言は申しますが、あれはただの戯れでございまして」

「隠すでない。それで良いと言っておるのだ。そもそもが、若殿――虎千代様も、化け猫でいらっしゃるのだから」

「いえ、本当に隠してなど……え……っ？」

ぽかんと、奏一郎は主膳を見やった。

主膳は、奥歯が痛むような顔をしている。自分が口にしたことが、苦々しいとでも言うように。

(庄司様、……………………おつむは大丈夫か？)

自分のことは棚にあげ、咄嗟にそう思った。それが表情に出たのか、主膳は一層顔をしかめた。

「そのような顔で、見るでない」

「あ、はっ。申し訳ありません」

視線をそらすと、主膳は頭痛でも覚えたように額《ひたい》に指をあてる。

「どこから話すべきか。このことは殿と縞様、家老衆しか知らぬことなのだが。若殿は化け猫の半妖怪であらせられるのだ」

苦悩の表情の江戸家老を、奏一郎は気の毒に思う。

(庄司様は、お疲れではないのか？)

悪いが、主膳は正気と思えない。

すると。

「奏一郎」

鈴を振るような綺麗な声で呼ばれたので、そちらを見やると、にっこりと縞が微笑む。

天女もかくやという微笑みだったが、次の瞬間、奏一郎は口から出そうになった驚きの声を、ぐうっと呑《の》み込んだ。

端座する藩主の正室の目は、大きく——人にあり得ぬほどに大きく見開かれ、瞳が縦長にきゅうっとすぼまったのだ。しかも瞳は緑色。顔貌が美しいだけに、ぞっとする。傍らに控える女中の目も主《あるじ》と同様に大きく、瞳が縦長の茶色。

背筋に震えが来た。

奏一郎の顔色を認めると、縞と女中は瞬きし、もとの人の目に戻った。

喉が急に干あがってきた。唾を呑むと同時に、袴の膝を握る。

(化け猫だ。御正室が、化け猫!?)

2

縞と女中が見せたのは、間違いなく猫の目。

合点がいった。

(そうか、だから)

先ほどの妖が「縞様によろしく」と言っていたのは、妖仲間だからなのか。

「わたくしは妖です。このことは殿も、大殿もご承知の上で、わたくしは正室となりました。そしてわたくしと殿の間に生まれた虎千代は、半妖怪。そういうことなのです」

渇いた喉にようやくすこし唾を呑み込めたが、心の臓の鼓動は、やたらうるさい。

幼い頃から妖が見えるたちではあった。それらに親しみがあり、慣れていると自負もある。だが、自らが仕える藩主の正室が妖だというのは思いもよらない突飛な話で、衝撃が大きすぎる。

しかもそれを先代藩主の大殿も、現藩主の殿も、さらには家老衆も承知だとは。

(いや、待て。そんなことを誰が承知するか⁉)

正室の縞は、四国の大名家から輿入れしたはず。いくら藩同士の結びつきがあるとはいえ、輿入れした姫が化け猫だとわかったら、承知どころか、家中をあげて退治するだろう。

二年前に逝去した大殿、先代藩主たる里川成隆は、雄邁公《ゆうまいこう》と呼ばれるほど武勇に優れた人物だった。若かりし頃、小鹿藩内に出没した鼠の化け物、旧鼠を退治したと、嘘かまことか藩内では噂になっていたくらいだ。

妖退治の噂など、藩主の勇猛さを語るための作り話だろうと、おおかたの者は思っているし、奏一郎もそうだった。しかし目の前に化け猫の正室など見てしまうと、噂もただの作り話ではなく、事実かもしれない。

妖退治をした大殿が、世嗣の正室となる姫が化け猫であるのを見逃すはずもなく――。

「大殿は……旧鼠退治を……妖退治をされ……」

疑問をどう言葉にすれば良いのかわからず、奏一郎はしどろもどろになった。

しかし、そこで、にゃあんと鳴き声がした。

縞か女中が鳴いたのかと、びっくりして飛びあがりかけたが、鳴いたのは庭に入ってきた雉虎猫《きじとら》。すらりと細い尻尾を自慢げにぴんと立て、庭を横切っていく。

それを横目で見た縞が、目を細める。

「虎千代が待ちかねているようです。庄司、詳しくはその者を虎千代に引き合わせてからにしなさい。わたくしもここに長居してはなりませんし」

立ちあがった縞が、ふと痛ましげな目をした。

「虎千代は、呪いの末に生まれました。酷なことと知りながら、わたくしはあの子を産みました。だからあの子を、せめて大切に守ってやりたいのです。ですから、奏一郎。虎千代のこと頼みましたよ」

打掛の裾をさらりとさばいて、縞は女中をともなって出て行った。

(呪いの末に?)

意味はわからなかったが、縞の声にある、母としての情愛だけは伝わってきた。化け猫といえど人と同じく情があるのだ。多少ほっとしたような気持ちになる。

主膳と奏一郎はひれ伏して見送り、主膳の方はすぐに顔をあげて立ちあがった。

「では参れ、梓木。若殿のもとへ向かうぞ」

慌てて立ちあがったが、奏一郎は旅装束のまま。立ちあがった拍子に袴から砂がこぼれたので、主膳は若党に、奏一郎の着替えを用意させた。

着替え終わった奏一郎は、主膳とともに御殿に入り、中奥へと廊下を進む。

藩臣といえども、殿中に入れる者は限られているし、さらに中奥となれば殿の近くに仕える者以外は入れない。

当然奏一郎も初めて御殿に入り、中奥へと入った。

「これから若殿にご挨拶をする。殿への目通りは、また日を改めてとする」

歩きながら主膳は告げた。

「お目通りなく中奥に入っては、殿のお目に入ったときに、不都合なことにはなりませぬか」

中奥は藩主の生活の場である。見知らぬ者がうろついていては、拙かろう。

主膳は険しい表情になった。

「心配にはおよばぬ、……今はな」

含みのある言い方だったが、それ以上語るつもりはなさそうで、主膳は口をつぐむ。

御殿の中は杉板の良い香りがする。廊下は蜜蠟《みつろう》で磨かれており、用心しなければ足袋《たび》が滑りそうだ。

小納戸役らしい、足音をたてずに素早く廊下を歩む者に行き会った。彼は主膳に道を譲り、廊下の端に寄ると頭をさげて、立ち止まる。躾《しつ》けられた挙措に、奏一郎は不安が倍増する。殿や若殿の近くに仕えるということは、ああいった所作が求められるのだ。

（困った。あのような真似ができる自信がない）

小作事方は、算盤《そろばん》が弾《はじ》けて、職人衆とのやりとりや采配ができれば良い。侍よりも職人たちと接する方が多いお役目だった。

（これは悪い夢ではなかろうか）

そんな気もしてきた頃に、中庭に張り出した棟に来ていた。東西に十五間（約二七メートル）ほどの廊下が真《ま》っ直《す》ぐのびて、その先は行き止まり。北側に二間続きの座敷の障子が並ぶ。

平書院がついた奥の間の障子は開いていた。

奥の八畳間に、床を背にして、見台《けんだい》の前に端座する少年の姿があった。

主膳が敷居の手前で廊下に膝をついたので、奏一郎も倣って主膳の背後に座る。

「若殿。先に、お伝えしておりましたが。本日より中奥小姓を務めます、梓木奏一郎を連れて参りました」

「入れ」

と、少年の声が応じた。「はっ」と答えて主膳が中に入るので、奏一郎も続いて目を伏せたまま八畳間に入り、少年の前に端座した。

「こちらが梓木です」

主膳が紹介したのと同時に、奏一郎はひれ伏して名乗る。

「梓木奏一郎でございます」

「顔をあげて良いよ、奏一郎」

親しげに呼ばれたのを意外に思いながら、顔をあげた。

「元服しても厳めしい感じはしないな、そなた」

「……あっ……」

若殿――虎千代の顔を見て、思わず奏一郎は声が出た。

「化け仔猫⁉」

見台の前に座っているのは、前髪姿がよく似合う、頬の白い、目鼻立ちの整った少年。

その顔には幼い日の面影が濃く残っている。

聞きとがめた主膳が、きっとふり返ったが、虎千代が鷹揚《おうよう》に微笑む。

「怒るな、庄司。七年前、奏一郎に助けられた時、わたしは名乗らなかった。しかも確かに、幼かった」

見台を傍らに押しやりながら、化け仔猫――虎千代が言う。

(なんということだ。あの化け仔猫が若殿⁉)

束の間、呆然とした。

「あのおりは世話になったな。そなたの父にも」

問われて、はっと正気づき、慌てて頭をさげた。

「あのときは若殿とは知らず、父ともども失礼いたしました。父は五年前に病で身罷《みまか》りましてございますが」

「亡くなったのは知っていた」

「ご存じで？」

「そなたたちは名乗ったゆえ、家中の者とわかっていた。直接、悔やみを言うのが遅くなったが……、残念だった」

父太一郎が亡くなったことを虎千代が知っているのは、意外だった。奏一郎たちを気にかけていたのだろうか。

「この者は、本日から若殿のお側に仕えます」

主膳の言葉に、虎千代は眉をひそめた。

「奏一郎は、江戸に到着したばかりであろう。疲れているはずだ。少なくとも二、三日、休ませるが良い」

「いえ。本日、今からでも、お側に」

虎千代と主膳の視線がぶつかって、小さく火花が散ったようだった。

「そのように砂埃まみれの者は、側に置けぬ」

「では湯を使わせ、こぎれいにさせます。この者が若殿のお側に仕えるのは、縞様のたっての希望でもあります。ご不満ならば、どうぞ縞様にその旨お伝えください」

小さく息をつくと、虎千代は、「わかった」と応じた。そして、さがれと目配せしたので、主膳は礼をとり奏一郎を促し、ともにその場を辞した。

「良いか、梓木。若殿にどのように言われようが、これから若殿の側を離れるではないぞ。とにかく常に若殿のお側にいて、ふらりと何処かへ行こうとするそぶりがあれば、お止めするのだぞ」

入り組んだ建物の中を、来た道を戻りながら主膳が言う。

若殿付きの中奥小姓は、数人いるはずだ。本来はその数人が虎千代の求めと必要に応じ、役割を分担して務める。ぴったりと四六時中、小姓が若殿の側に張りついているというのは聞いたことがないが——主膳はそうしろと言っているらしい。

「常にお側を離れないなど、若殿は承知されているのでしょうか。鬱陶しいと思われないかと」

「鬱陶しいと思うに決まっておる。しかし若殿に嫌な顔をされても、お側に侍《はべ》るのだ」

煩わしいことになる予感しかせず、奏一郎は旅の疲れが増す。

主膳は腕組みした。

「お目にかかってわかっただろうが、縞様も若殿も、普段は正体が露見するようなことはなさらぬ。お側にお仕えするだけならば、礼儀作法がなっていて、口が堅ければ、妖が見えずとも良い。誰でも良い。しかしこの度は、虎千代様を御す役目の者として、縞様はそなたを望まれた。期待されておるのだぞ」

「わたしは剣術も体術も、抜きん出てはいませんが」

抜きん出ていないどころか、へっぽこと評判だ。少年相手とはいえ、追いかけ回したり、押さえ込んだり、できないだろう。

「若殿を力ずくで押さえつけよとは、言っておらぬ。要するにお側について、お世話し、泣いて縋《すが》って懇願し、若殿の奔放なふるまいを止めれば良いのだ」

奏一郎はこれから若殿に、泣いて、縋らねばならないのだろうか。やれと言われればやるまでだが、自分の矜持《きょうじ》は、溝《どぶ》にでも捨てねばなるまい。

「まあ、泣いて縋るまでせずとも、そなたならば、若殿を御せると縞様は考えられたのだ。七年前、小作事奉行の子息に助けられたことを、若殿は縞様に話したそうだ。それを覚えておられた縞様は、若殿を御す者が必要と考えたときに、そなたを呼ぶと決められた。助けられた恩があるゆえに、そなたが側に侍り若殿を御しても、無下にはしないだろうと。

化け猫は義理堅いのだそうだ」

どうやら奏一郎が江戸に呼ばれたのは、七年前のことが発端らしい。しかし。

「あれは恩などという、大げさなことではなかったのですが」

あのとき奏一郎がやったことと言えば、黒狐に石を投げたくらいだ。あれしきのこと、恩だ義理だというほどのものでもない。

「多少、無礼なふるまいになったとしても、若殿を御するためならば、大目に見ると縞様も仰せだ」

「しかし御す、と言われましても。なにをどのように。あのように穏やかな若殿を」

見台の前に端座した少年は、確かに半妖怪なのかもしれないが、一見、人と変わらない。きかん気らしかった七年前の化け仔猫は、すっかり大人びて、落ち着いた風情だった。静かに書見などしつつ座敷に座る彼を、どこをどのように御するというのか。

奔放と主膳は評したが、あの少年からそれは感じ取れなかった。

主膳は苦笑した。

「おいおい、わかるであろう。まずは、湯に行け。確かに若殿も言うように、江戸に着いたその日から、不寝番《ねずのばん》をさせるわけにもいくまいから、今夜のみ、ゆっくりと休むがいい。明日からはぴったりと、若殿のお側に侍ってもらうぞ」

険しかった主膳の目が、すこし和む。

「期待しておるのだ、そなたが若殿を御してくれると。頼んだぞ」

恐縮し、奏一郎は頭をさげるしかなかった。


若党が、これから奏一郎が寝起きする侍長屋に案内してくれたので、そこで旅の荷物を解き、湯に行った。

上屋敷内にも風呂はあったが、おもに勤番の者が使う。しかも使う時間が身分によって定められているので、八つ（午後二時頃）をとうに過ぎたこの時間、もう奏一郎は入れない。

疲れてはいたが、久々に江戸の湯に入るのは嬉しかった。

江戸の湯は、父との思い出が多い。

今、この湯に父とともに入れたら良かったのにと、ふと思う。

洗い場で砂を落としてから、かがんで石榴口《ざくろぐち》から入って湯につかる。薄暗く、湯気の籠《こ》もった湯船にしばらく入っていると、様々なことが頭を巡る。

（母上と辰は変わりないだろうか）

五つ年下の妹の辰は、近頃ずいぶん生意気になったが、そのぶん母と一緒に縫い物をしたり、親類づきあいのお供をしたりと、頼もしくなっている。奏一郎が江戸に呼ばれたことを母は寂しがったが、辰は逆に、兄がお歴々の目にとまったのだろうと、嬉しがった。寂しいと漏らす母に、そんなことを言うものじゃないと説教していた。

辰がいれば、国元は大丈夫だろう。従兄弟《いとこ》たちにも、母と辰が困ったら助けてくれるように頼んでいる。

（目にとまったと辰は喜んでいたが、とんでもない目にとまったかもしれない。なにしろ、猫目だ）

湯の温みにぼうっとしてくると、微笑む若殿、虎千代の顔が目に浮かぶ。

（お美しい若殿だった）

母親に似た色白の美少年で、半妖怪らしさはどこにもなかった。七年前の、ぴかぴか光る猫目や猫髭を見ていなければ、麗しい少年が半妖怪だなどと信じられなかったかもしれない。

庄司主膳も縞も、虎千代も、考えてみれば奏一郎に口止めらしきことをしなかった。口止めする必要がないほど、口外してはならないと明白だからだ。

随分温もっていたはずだが、薄ら寒くなる。

(知ったからには、わたしはこのことを生涯口外せず、勤め続けねばならぬということか。うっかり外に漏らせば、殿や御正室、お歴々はわたしの命を取るだろう。当然だ。なにしろ世嗣が半妖怪だとわかったら、小鹿藩は改易になる)

関ヶ原《せきがはら》は遠い昔話となり、太平の世が続いて二百年以上。無用な混乱のもととなる大名改易を実行するのには、幕府も慎重だ。そうは言っても、藩主が半妖怪であるのを幕府が許すはずはない。許せば、将軍が半妖怪の臣を認めているということになってしまう。

里川家は断絶。悪くすれば一門にも処罰がある。藩士たちは身分を失い、浪人となり路頭に迷う。それを思い身震いした。

とんでもない事実を奏一郎は知ったのだ。

なぜ小鹿藩の世嗣が、半妖怪になってしまったのだろうか。

しかもそれを、殿は勿論《もちろん》お歴々も承知しているとは奇妙この上ない。

結局、あれこれと考え続け、湯あたりしそうなほど長湯してしまった。

多少ぼうっとしながら、湯屋を出た。

右手に軒の低い町家の連なり、左手に桐畑とその向こうにある溜池を見ながら、ぱらぱらと人通りのある路を歩いていた。七つの鐘が鳴った。

「長湯であったな、奏一郎」

背後から親しげに声をかけられ、誰だと思ってふり返る前に、声の主は身軽く隣に並ぶ。

「あまり湯につかると、頭の中までふやけるぞ」

こちらを覗き込んできた少年の顔を見て、息が止まるかと思った。立ち止まって身を強ばらせ、悲鳴のような声が飛び出しそうになったが、その口を相手の手が塞《ふさ》ぐ。

「大声は出すでない。目立つ」

驚きに目を見開く。

目の前にいるのは、こんな場所にいるはずのない人。

3

(若殿⁉)

奏一郎の口を塞いでいるのは、小鹿藩の世嗣。若殿である虎千代。ただし身なりが、先ほど対面したときと違う。木綿の着物に袴姿だった。御家人か、もしくはそこそこの禄高の旗本の子息といった身なり。

(なぜ、上屋敷の外においでなのだ⁉ しかも、供も連れずに)

驚くよりも、無防備な行動にぞっとした。

温かい掌《てのひら》に口を塞がれたまま、奏一郎はこくこく頷く。するとようやく掌が離れる。

「なぜこのようなところに、若殿。供の方々は、いずこです」

周囲に人影はなかったが、声を潜めてしまう。

「おらぬ。一人で出てきた。おまえが、供だ。供を迎えに来てやった」

「すみません。ちょっと、なにを仰《おつしや》っておいでなのか、わかりません……」

主膳は言った。若殿は奔放なたちなのだ、と。

(奔放が過ぎるのではないか⁉)

主膳が「おいおい、わかるであろう」と言っていたのは、虎千代がこういった突飛な行動をしているのを、縞や主膳は知っているからなのだ。

そしてそれを知っていながら、止められていない――。

(ということは、わたしのお役目というのは、こういった、とんでもないことをしている若殿を、諫《いさ》め、宥め、止めろということなのか⁉)

足取りも軽く歩き出す虎千代に、奏一郎は慌てて追いつき、半歩下がってついていく。

すると虎千代がふり返り、睨《にら》む。

「隣を歩け。妙だろう。このような身なりの子どもの後ろに、大人がついてくるなど」

「しかし」

「良いから並べ」

観念して、奏一郎は虎千代に並ぶ。半妖怪の若殿は、満足そうに目を細める。

「それで良い」

「なぜこのようなところを、一人歩きなさっているのですか。とにかく早く上屋敷へ戻りましょう」

虎千代はつんと、春の暮れかけの空に視線を向けた。

「いやだ」

「以前のように、妖に襲われるかもしれません」

「幼い頃とは違う。そこいらの妖にならひけはとらん。わたしを襲ってくる連中などいない。その証拠に、わたしの目の届く範囲から、妖どもが退散している。わたしと一緒にいれば、おまえは、うわんや、のっぺらぼうに、脅されなくてすむぞ」

虎千代は楽しそうだが、奏一郎は冷や汗が背中に滲《にじ》む。

「わたしは、妖に脅かされるよりも、我が藩の若殿が、ふらふらと一人歩きしている方に怖気《おぞけ》を覚えます」

「いつものことだ、気にするな」

「いつもだとしたら、余計に気になります。とにかく、わたしがご案内しますので、上屋敷まで一番近い道を」

「わたしの方が、そなたよりよく道は知ってるぞ。ただ、まっすぐ帰る気はないがな」

「そんな」

さくさくと歩いて行く虎千代の隣で、奏一郎は必死に言葉をつむぐ。

「若殿。お願いします。わたしは縞様と庄司様に、若殿のふるまいを御する務めを課されているのです。そのために江戸に呼ばれたとのことなのです」

「知っている。母上と庄司から、わたしが勝手をしないように、人をつけると言われて、そなたが来たのだから」

「ご存じなのでしたら、お戻りください。お早く」

「いやだ」

「なぜにございます」

にっと笑って、虎千代は奏一郎の方を向く。

「そなたの困り顔が、面白い」

情けない気分になった。これは本気で、泣いて縋らねばならないかもしれない。

そもそも、生母や家老すらも止められないものを、国元からぽっと出てきた奏一郎ができるはずもない。恩があるから、虎千代は奏一郎を無下にはしないだろうと縞は言っていたらしいが、――今まさに、正真正銘、無下にされている。絶望だ。

「困りもします。しかし困り顔を面白がられても、それも困ります。若殿の身になにかあったらと、今も肝《きも》が冷えっぱなしなのです」

うふふっと虎千代はいたずらっぽく笑ったが、次の瞬間、ふっと視線を空に向け、目つきが鋭くなる。

「ならば、もっと肝を冷やさせてやろうか」

虎千代の視線を追う間も、問い返す間もなく、少年はゆるい斜面になった桐畑の方へと駆け出していた。

「若殿⁉」

すれ違った職人風の男の視線を気にしながら、奏一郎は虎千代の後を慌てて追う。

奏一郎の身の丈よりわずかに背の高い桐の木が、整然と並ぶ。下草もなく手入れされた桐畑だが、柔らかな若葉が、先を走る虎千代の姿をちらちらと遮る。虎千代の姿が、視界から消えた。

「若殿！」

焦って呼んだ奏一郎の耳元で、声がした。

「借りるぞ」

背後から虎千代が、奏一郎の傍らを身を低くして駆け抜けていた。

（いつのまに後ろに⁉）

確かにさっきまで、虎千代は前を走っていたはずだ。いつ背後に回ったのか。駆け抜けた虎千代の背を見やり、その両手が刀を構えているのを認め、さらに驚く。

気がつけば自分の腰が軽い。鞘《さや》は腰に残っていたが、刀が抜きとられている。

虎千代が手にしている刀は、奏一郎のもの。

わけがわからないまま、奏一郎は必死に虎千代の後を追おうとしたが、目の前に突然、空から、どんと何かが落ちてきた。落ちてきたものが、両手を広げて立ちはだかった。

「とまりなっ」

目の前に現れたのは、禿頭に黒い無紋の羽織と着流し姿の、老人。上屋敷の主膳の住まいにあがりこんでいた、あの妖だ。

（なぜこの妖が⁉）

思わず足を止めそうになったが、状況は不穏すぎる。虎千代を見失っては、ことだ。咄嗟に避けて通り過ぎようとしたが、妖はひょんと跳ね、奏一郎の前に立つ。

「どいてくれ！」

「おまえさんが行きゃ、若殿の邪魔だぜ」

妖は鋭く言い、背後をふり返り、先を駆ける虎千代の背に向けて怒鳴った。

「若殿！　西だ」

通せんぼされ、また別方向に抜けようと踏み出しかけていた奏一郎は、虎千代の左手、西の頭上がぼっと明るくなったのに気づいて足が止まった。

空に火の玉があった。

子どもの頭ほどの大きさのそれが、とんでもない速さで、くるくると回りながら桐畑へと落ちてくる。

火の玉の炎で周囲が明るくなり、桐の木々の葉がくっきりと地面に影を落とす。

虎千代が左へ走った。落下してくる火の玉へ向かって駆ける。

「若殿！」

刀を上段に構え、虎千代が跳躍した。その身を桐の木のてっぺんを越える高さに躍らせて、落ちて来る火の玉に向け、虎千代は刀をふるった。

音はなかった。

火の玉が、ぱっと二つに割れ、一瞬で燃え尽き宙に四散する。

とんと身軽く、虎千代が地面に降り立つ。その頭上に細かい火の粉が舞う。夕闇迫る中、ちらちらと燃え散る火の粉に照らされ、白い頬の少年は、錦絵のように艶《あで》やかに見えた。

呆然と奏一郎は立ちつくす。

「なんなのだ……これは……」

風が吹き、桐の枝ががざがざ鳴った。

「お見事」

と、しわがれた声で低く言うと、妖は奏一郎と視線を合わせた。

「あれは、天火《てんか》ってやつよ。あれでも立派な妖でねぇ」

虎千代は、天火が散ったあたりを見回し、完全に消滅したのを確認した後、こちらにやって来ると刀の柄を奏一郎に差し出す。

「返そう。いつもはそこの、ぬらりひょんに刀を借りるのだが。そなたの方が近くにいたものだから、借りた」

刀を受け取りながら、奏一郎は情けない声が出た。

「わたしには、なにがなにやら……」

「言っただろう。そこの妖は、ぬらりひょん。刀だけではなく、色々と力を貸してくれているのだ」

「こちらの妖の話ではなく。今、若殿がなにをなさったのか……」

「見ていただろう。天火を斬った。天火とは限らぬが、上屋敷の周囲に毎夜、妖どもが寄ってくるのだ。そのためわたしは、こうして夜回りをして奴らを退治している」

　ぽかんとしてしまった。

「そのようなことをなさって、意味がありますか？　上屋敷には家鳴りも、天井なめも、畳叩きも、たくさん妖がおります」

「そのような小者で可愛らしい、害のない者どもではない。わたしが退治しているのは、力が強く、悪意ある妖どもだ」

「だとしても、なぜ若殿が」

「ふた月半ほど前から、殿様が伏せっちまったんだよ」

　横から、腕組みした妖が口をはさむ。

「しかも尋常の病じゃあねぇ。上屋敷の近くに妖が近寄ってくると、めっぽう悪くなっていく。だから若殿は夜回りしてなさるんだよ」

　藩主里川芳隆は、み月前に参勤交代で江戸上屋敷に入った。入って半月ほどして、寝込んだということなのだろうか。

　思い返せば昼間、中奥で、殿に出くわすのを心配した奏一郎に主膳は、「心配ない」と言っていた。殿が伏せっているとするならば、主膳の言もむべなるかな、だが。

「しかしそのような話、国元で聞いたことがありません」

「最初の江戸城への登城だけは、なさったゆえな」

虎千代は淡々と告げたが、きらりと瞳が緑に光った。

「父上は、妖にお命を狙われ続けている」

説明されればされるほど、奏一郎の疑問はふくれていく。

「なぜ妖が殿のお命を狙うのです。そもそも、どこの妖が、なんの目的で」

「心当たりはあるが、……しかとは、わからぬ」

心当たりがあるという言葉に、奏一郎は何度か瞬きする。

(殿が妖に狙われる心当たりなど、ある方がどうかしていないか？)

読本でもあるまいに、人が、そうそう妖に狙われることなどないはずだ。妖が見える奏一郎ですら、妖たちが人の命を狙うところなど見たことがない。

いたずら好きもいたりはするが、おおかたの妖は、おとなしい。人が彼らの気に食わぬことをしたら、その時は脅したり怪我をさせたりするものの、命を狙ってつきまとうようなまねはしない。そのような凶悪なものには出会ったことがない。

虎千代は、西の空の薄紅色に目を向けた。

「思いのほか、今日は早く天火が出たな。これ以上は今夜はなかろう」

「だろうねぇ。相手さんも、一晩に二度も出てきやしないだろう」

応じた禿頭の妖に、虎千代はふり返った。

「ぬらりひょん。わたしは屋敷に戻る。三毛と白を代わりに外へ出すから、何かあったら二匹に伝えてほしい。いいか?」

ぬらりひょんというらしい、禿頭の妖は、にっと笑う。

「承知した」

虎千代は歩き出し、数歩進むと、ぽかんとしている奏一郎をふり返る。

「帰るぞ、奏一郎」

ぬらりひょんに背をどやしつけられ、はっとし、奏一郎はよろよろと歩き出す。

桐畑を出て、美濃守の中屋敷の方へ向かう路を辿っていると、並んで歩けと命じられたので、並ぶ。

歩いていると、衝撃と困惑と疲労が、ずんずんと背中に乗っかかってくる。

小鹿藩上屋敷の侍長屋の壁が見えると、虎千代は周囲を見回し、人影がないのを確認し、立ち止まった。

「奏一郎。今宵、わたしの寝間で不寝番をせよ。別の者が不寝番の予定だろうが、これから帰って、そなたに代われと命じる」

一方的にそれだけ言うと、ぐいと顎をあげて地を蹴った。二階建ての屋根の軒に、虎千代の手がかかる。ひょいとしなやかに体を持ちあげ、屋根から奏一郎を見おろす。

「良いな。参れ」

念を押すと、内側へと飛び降りて姿を消した。

「……猫だ」

跳躍一つで屋根に飛び乗る姿、そして屋根の上からこちらを見おろした、その姿。麗しい少年のはずだったが、気配は猫だ。

（わたしは、きっと、とんでもないことに首を突っ込まされてしまったんだ）

昔から妖が見えたし、ちょくちょく面倒なことはあった。しかし齢十九にもなり、そろそろ嫁をとる算段をして落ち着き、家系図の一部になる安穏な人生の路が見えはじめたと思っていた。

その矢先、これほど厄介なことが降りかかろうとは予想だにしなかった。

虎千代の言ったとおり、侍長屋にもどって暫《しばら》くすると、今宵の不寝番を申しつけると知らせが来た。

身なりを整えて御殿に入り、小姓部屋で小姓頭に挨拶をして中奥へと向かう。

虎千代が起居する棟に面した中庭は、既に暗い。

庭石の一つに瓦灯が置かれ、かろうじて広縁の端が照らされている。

暗い次間《つぎのま》に入ると、奥の寝間を仕切る襖の隙間が、ぼんやりと微かに明るい。ただ次間を照らすほどの明るさはなく、畳の目も見えない暗さ。

先ほど挨拶した小姓頭から教えられたところによると、殿には常に二人、寝間の次間に不寝番がつくという。若殿もそれに倣うが、つく人数は一人のみ。

今日、江戸に到着したばかりの奏一郎が不寝番につくのが、小姓頭は少し心配そうだった。疲れがあるだろうに、もし居眠りでもしたら、と。しかし若殿の命令なので逆らえない、とも。

小姓頭は、「若殿はこうした気まぐれを、時々なさるのでな」と、嘆息していた。

教えられたとおり奏一郎は、ほぼ暗闇の中で畳に手をつく。

「梓木奏一郎、今宵の不寝番を務めます」

二、一筋縄ではいきませんので

1

不寝番の口上を述べると、襖の向こうから「頼む」「わかった」との返事があるので、それを聞いて、寝間を右手にする位置、部屋の奥へ座るのだと奏一郎は教えられていた。後は、うたた寝せぬように暗がりに一晩座るだけである。

ただ今夜に限っては、起きていられる自信はない。

応えを待っていると、目の前の襖が開く。

予想外のことにぎょっと顔をあげると、寝間着の上に羽織を羽織った虎千代がいた。見おろされ、目が合ったので慌てて顔を伏せた。

「梓木奏一郎、今宵の不寝番を……」

段取りを間違えたかと、改めて口上を述べようとしたが、

「こちらに参れ」

と、遮られた。

「……は？」

また顔をあげてしまったが、虎千代は咎《とが》めることもなく背を向ける。

「入れ。早く襖を閉めろ。すうすうする」

不寝番が若殿の寝間に入って良いのだろうかと、戸惑う。他藩の藩主の中には、枕元で不寝番をさせる者もあるとは、先ほどの小姓頭も言ってはいたが。

（良いのか？）

どこにも答えはないと知ってはいたが、つい、周囲をきょときょと見回していると、

「早く入れ」と再度促された。

丸行灯が一つ、床から離れた場所にぼんやりと灯っていた。

薄暗い部屋の隅に、雉虎猫が一匹丸くなっている。さらに、部屋の中央にのべられている床が乱れているのが見て取れた。虎千代はすでに床にはいっていたのだろう。

虎千代は床に戻って胡座《あぐら》をかく。すると部屋の隅にいた雉虎猫が目を開け、立ちあがり、うんとのびをしてから床にあがってきて、虎千代の膝に当然のように乗った。昼間、主膳

の住まいの庭を横切った猫に違いない。

「猫が、床に。若殿、よろしいのですか？」

虎千代は猫の背を撫でながら目を細める。

「良い。わたしの友だ。この子はまだ化けぬが、人語を解して喋《しゃべ》る」

妖になりたてといったところの、猫なのだろう。

「お名は？」

「雉女《きじめ》という名だ。女の子だ」

「雉女殿ですか」

猫が緑の目を奏一郎に向けた。

「雉女でいいわ、かたっ苦しいもの。わたしもあなたのこと、奏一郎と呼ぶ」

少女の声で、雉女が喋った。もはや驚きもしなかった。ただ、声が幼くて舌っ足らずの可愛らしさには目尻が下がった。

「それは、ありがとう。雉女」

ふるんと、雉女は尻尾を振る。

二人のやりとりが終わると、虎千代は表情を改めた。

「言っておかねばならないことがある。そのために今夜、不寝番に呼んだのだ」

「なんでございましょう」

「まず、そなたに再び会えたこと、わたしは喜んでいる。それは言っておく」

「ありがたいお言葉です」

思いがけない言葉に奏一郎の表情はゆるみかける。しかし。

「そなたに会えたのは喜ばしいが、今、そなたに与えられている役割は、わたしにとって都合が良くない。だから命じる。そなた、出奔せよ」

「は……？」

面食らって、変な声が出た。

「出奔ですか？」

そんな莫迦な命令はないだろうと思ったが、虎千代は真面目に頷く。

「そうだ。そなたが母上と庄司の意向で、わたしの側に付き、わたしのやること全てを止めようとしていると知っている。そのためにそなたを呼ぶのだと、事前に聞かされてもいた。だが、そなたはこの役目をどう感じている？　半日で嫌気がさしておろう。だから言ってやっているのだ。立場も役目も振り捨てて、出奔せよ。その方が、わたしにも都合が良い」

嫌気がさすというよりも、驚きと恐ろしさで、未《いま》だ心の整理がついていない。嫌というよりも、確かに逃げ出したい気分だが、そんなこと、できようはずもない。

「わたしが出奔したら、国元にいる母と妹はどうなるでしょう。わたしは、勤めを続けて家禄を拝領して二人を守りとうございます。それよりも、若殿。縞様や庄司様のご心配をわかっておいでなのであれば、お屋敷のなかで諸藩の若殿方と同様にお過ごしください。弓馬の術を鍛錬し、詩作や書見で暇を潰《つぶ》してください」

「できぬ。父上の身が危ういと言ったはずだ」

「それが本当ならば、殿の身をお守りするのは、若殿の務めではなく番頭《ばんがしら》の務めです」

「相手は妖。ただの人には無理なこと」

「ならば、妖退治に定評のある僧侶や陰陽師を……」

と、言いかけて、口をつぐむ。そもそも縞が妖で虎千代が半妖怪だ。妖退治の僧や陰陽師がやってくれれば、真っ先にこの二人を退治しようとするだろう。事情を説明したとしても、結局その者たちに藩の秘密をさらすこととなる。

虎千代は自嘲気味に薄く笑う。

「母上が妖で、わたしが半妖怪であるかぎり、我らは、我らの力のみで、父上を狙うものに対抗するしかない」

薄暗がりのなかでも、虎千代の瞳に強い光が見える。

「天火を見たであろう。あのように毎夜、なんらかの妖が寄ってくる。奴らは、父上の病を重くするために来ているると、わたしは睨んでいる」

「殿のお命が妖に狙われているのは、縞様も庄司様もご存じなのですか？」

「無論」

「ならば若殿が無茶をなさらずとも、お二人にお任せすれば良いのでは」

「七年、任せていた」

「七年？　七年も殿はお命を狙われ続けているのですか」

それほど執念深く命を狙われ続けることも、また、それだけ長きにわたって藩主の命が守られ続けるのも、ただならぬことだ。

そんな妖がいるとしたら、奏一郎が知っている妖たちとは違いすぎる。

「そうだ、七年。七年も前から、父上はお命を狙われている。母上は手下の猫又《ねこまた》などを使って、父上に近づく妖を追い払い続けているし、国元の城や江戸上屋敷に結界を張っている。庄司も、母上が手下を動かしやすいように便宜を図っている。父上が国元にお戻りのさいは、母上の手下の猫又が十五匹供をする。江戸屋敷であれば母上もいる。今まではそれで払いきれていた。しかし」

雉女の背を撫でる手を一旦止め、虎千代は続けた。

「しかし相手の力が増したのか、新手が加わったのか、ふた月半前に父上が伏せられた。江戸屋敷に入られた半月後だ」

「妖に襲われたのですか？」

「わからぬ」

ため息交じりに、虎千代は首を横にふる。

「母上の守りの隙はないはずなのだが、原因不明で倒れてしまわれた。妖の仕業としか、思えぬ」

「原因がわからずとも、ただの病では？」

「医者も首を傾げる不調だ。息苦しくなり暴れ、熱が出たかと思えば全身のだるさで動けなくなり。悪夢にうなされ、眠れず。時によると、手足が痺れ……。まるで、人の体で、あらゆる不調を起こして試しているかのようなのだ」

病には傾向があり、それによって医者は病を断定するものだが、里川芳隆の場合、ありとあらゆる体の異変により、症状が定まらないのだろう。確かに妙だ。

「しかも父上が倒れてから、上屋敷の周りに強い邪悪な妖どもが毎夜現れるようになった。それらが現れると、父上の容態は悪くなる。わたしがそれらを退治すると、潮が引くように落ち着かれる」

奏一郎は思わず膝を乗り出す。

「それがわかっているなら、なぜ庄司様も縞様も、若殿がされている妖退治を、手下の猫又に命じないのですか」

「母上は、集まってくる妖と父上のご容態は、関係がないと考えられているからだ」

「なぜですか」

「何かが父上に悪さをしているはずだが、どこから、どうやって父上に手出しをしているのかわからないからだ。結界があり、父上はその中におられる。なので周囲にどんな妖が現れても影響はないはずだと。しかし。実際、父上の容態はお悪い」

「それについて縞様はどのようにお考えなのですか」

「ご自分の結界に綻《ほころ》びがあるためだと、お考えだ。しかしどこが綻んでいるのか、わからぬともな。母上は、ご自分が気づかぬ綻びに悪しき妖が気がついており、そこから何かが悪さをしているとお考えだ。毎夜現れる妖どもは、綻びに手を出しているわけではないから関係ないと」

奏一郎は眉をひそめる。

（殿は結界の中におられて、妖は手出しをできぬはず。なのになぜか体調を崩し、伏せられてしまっている。ということは結界に綻びがある、と。縞様はそうお考えか）

虎千代は続ける。

「わたしは、母上の結界が綻びているとは思えぬ。母上本人に綻びがわからぬなら、ないと考える。敵は、なにかしら我らにはわからぬ方法で、結界で守られているはずの父上を襲っているのだ。だとすれば毎夜現れる妖どもも、無関係とは言い切れぬ。奴らが現れれば、確かに父上のご容態も悪くなるのだからな。だから退治する」

妖の母と子とで考えが違うようだが、どちらが正しいのかはまだわからないということらしい。

「母上のお力だけでは、もはや防ぎきれぬ。だからわたしは、妖どもを退治する。それしかできぬから、そうしている。しかし母上はそれはならぬと仰り、わたしを御そうとなさる。七年前、わたしが危ない目にあったので、ご心配なのだろうが」

かつて溜池のほとりで対峙した、真っ黒な狐の妖のことが奏一郎の脳裏に浮かぶ。

「七年前、若殿と組み合っていたあの黒狐はもしや」

「父上を狙って上屋敷に潜んでいたのを、わたしが見つけた。襲いかかってきたので、上屋敷の外に逃げて……あのときは」

言いよどみ、虎千代は雉女の尻尾の付け根をぽんぽんと叩き、目を伏せた。

「あのときは本当に危うかったのだ。改めて、……礼を言う」

気恥ずかしそうな虎千代の睫《まつげ》の震えに気づき、その顔に、かつての化け仔猫の可愛らしい顔が重なった。

(意外に、素直に礼を口になさる)

こういったところが、化け猫の義理堅さなのだろうか。

「あの黒狐が、殿のお命を狙う妖やも」

「いや、あれはあの時きり。以降は姿を見ない。幼かったわたしに見つかる程度のものだから、首魁《しゅかい》ではなく手先だろう。そもそも、今、毎夜屋敷の周りに現れる妖どもも、まちまちだ。江戸中の邪《よこしま》な妖が、こぞって父上を狙う理由などない。間違いなく首魁となる妖がいて、妖どもを操っているはずだ。ただ首魁がどのようなものなのかは、未だわからぬ」

今まで出会った妖の中でも、あの黒い狐は抜きん出て凶暴で恐ろしい気配をしていた。そんな妖ですら手先に使うとは、いったいどんな妖が黒幕なのか。

薄ら寒いものを覚えた。

「わかったか？　わたしを御すということは、父上のお命が危うくなるということだ。そなたは、わたしを御す務めを果たしてはならぬのだ。しかし、わたしや母上の秘密を知ったそなたは、簡単に役目を離れられぬだろう」

もし仮に奏一郎が務めを拒否し、お役御免となっても、主膳の監視下に置かれるはず。ことによると厄介なお荷物とみなされ、命を取られる可能性もなきにしもあらず。縞や主膳がそこまで冷酷だとは思いたくないが、可能性としては捨てきれない。

だから虎千代は、奏一郎に出奔せよと命じたのだ。

「出奔してからは、気安く生きていけるように、わたしが密かに援助する。ぬらりひょんにも助けを請う。望むなら他藩に仕官できるようにも、段取りをする。悪いようにはしない。そなたの母と妹も、落ち着いたら呼び寄せれば良い」

虎千代は言葉を重ねる。

「わたしとともにいれば、怖い思いをする。命が危ういかもしれぬ。天火を見たであろう。あれはまだ、しごくたちの良い妖の部類だぞ」

夕方、虎千代がわざわざ奏一郎の前に姿を現し、さらには不寝番に呼んだのは、こうした話をするためなのだろう。自分を御する役割を与えられて国元から呼ばれた奏一郎を、逆に御してやろうという心づもりで。

天火やぬらりひょんを見せつけ、自分が気ままに出歩いているのを見せつけ、驚かせ、怯えさせ、手に負えぬと思わせる。そこでさらに不寝番に呼びつけ、藩主の命がかかっていると脅し、奏一郎の意気をとことん挫《くじ》く。

（縞様や庄司様が、手を焼くはずだ）

奏一郎という邪魔者は、早々に取り除こうというわけだ。しかも力尽くではなく、邪魔者が自《おの》ずと萎《な》えるような方法で、だ。

こうした知恵が回るなら、縞や主膳がどれほど抑え込もうと頑張っても、虎千代はそれらの手を易々とすり抜けるだろう。

（しかし出奔とは……）

出奔すれば、梓木家伝来の全てと縁を切ることとなる。とても決心はつかない。

奏一郎は首を横にふる。

「出奔は代償が大きすぎます」

「わたしといれば、どんな目にあうかわからんぞ。しかもわたしは、自分のしたいようにする。そうなればそなたは役立たずとして、必然的にお役御免になる。お役御免の後、どういうあつかいを受けると思う」

奏一郎が頷かないので、虎千代の声音に苛立ちが滲む。

「お役御免になれば、ことによると命が危ないかも、とは……」

力なく応じると、虎千代は目を吊り上げる。

「だからだ。そうなる前に出奔せよと言っている」

「先祖伝来のものを捨て、母と妹まで巻き込み、出奔など簡単にはできません」

奏一郎の口調も強くなる。

今のこの状況が、理不尽この上ない。望んだ役目ではない。突然命じられ、のっぴきならない状況に置かれたので、全てを捨てて出奔せよとは。

くわっと大儀そうにあくびをしてから、虎千代の膝の上で雉女が眠そうな声で言う。

「さすが縞様。感心しちゃう。奏一郎を引き込んで若殿にはりつかせて、動きにくくしちゃおうっていうのね。そしてそれを無理に引き剝がそうとしたら、若殿ではなく奏一郎の身が危ぶまれる。ってことは、若殿は、人のかたちをした捕り縄を首にかけられちゃったってことよ」

雉女の言葉に、なるほどと納得がいった。

(縞様や庄司様の期待とは、そういう意味か)

縞も主膳も、奏一郎が大いに活躍し、虎千代をぎゅうぎゅうと締め付けるなどという期待は、半分もしていないのだろう。それよりも、「自由にふるまえば恩人である奏一郎の立場がどんどん悪くなるのだぞ」と、虎千代の良心に訴えて縛れると考えているに違いない。

人のかたちをした捕り縄とは、化け猫も上手《うま》いことを言う。

情けないような途方に暮れるような気持ちで、奏一郎は苦笑した。

「賢いね、雉女。きっとその通りだな」

「わたしは縄をかけられていようがいまいが、自由にするぞ」

虎千代は奏一郎を、綺麗な黒い目で睨めつけた。瞳の奥に猫目の緑色がひそんでいる、深い色で。

顔に似ず、虎千代は鼻っ柱が強いらしい。この性分であれば、縞や主膳の思惑通りには、いかないかもしれない。

藩主である父の命がかかっているとなれば、なにがあろうが虎千代が自制するとは思えない。若殿として子として、当然だろう。その結果藩士の一人が役立たずと思われ、生涯不自由しようが、ことによると命を落とそうが、かまわないということ。

藩主の命がかかっているとなれば、奏一郎とて無理に虎千代を御すべきではないと思うが、それとひきかえに自分の身を犠牲にもできない。

――おまえは難儀だな。

考えあぐねる奏一郎の耳に蘇《よみがえ》ったのは、父の声。

(本当に難儀です。生きた捕り縄にされるなど……。けれど、このような巡り合わせになってしまったのだから、どうにかするしかない)

視界で、なにかが動く。それは親指ほどの小さな蛾《が》だったが、奏一郎の視界に入ったのは影だったらしい。蛾は、丸行灯にこつっとあたり、灯りをわずかに遮ったようだ。

（わたしが見たのは影。虫は、あちらか……）

丸行灯に目をやって、ふっと考えが浮かぶ。

「そうか。おおもとを解決すれば、良いのです」

無茶は承知だったが、これしかないと確信した。

「なに？」

奏一郎は大真面目に告げる。

「七年にわたり殿のお命が狙われ続けているのが、若殿が無茶をなさる原因であれば、それがなくなれば良いのです。殿のお命を狙うものを、わたしが成敗します」

虎千代はぽかんとして、その後に、深くため息をつく。

「わたしは勿論、母上も庄司も、七年前から今も、父上のお命を狙うのが何ものなのか、なぜ狙うのか、探ろうとしているのだ。心当たりはあるが、確証はないし姿も見せぬ。成敗できるなら、とっくにしている。七年も手をこまねいていない」

「ならば、わたしが、その心当たりとやらを探り、殿のお命を狙うものを見つけます。まず、その心当たりとやらを、お教えください」

心当たりがあるならば幸いではないかと、奏一郎は再度膝を乗り出す。

「軽々に教えられはせぬ。しかも成敗などと簡単に言うな」

「簡単に言っているのでは、ございません。困難は重々承知。しかしやらねば、わたし自身が困りますゆえ、それしかないのです」

「そなたにはできぬ」

鬱陶しげに、虎千代は顔をしかめた。

「やってみなければ、わかりません。わたしは妖が見えますので」

「見えるだけでは、どうにもならん」

「なんとかいたします」

「ならぬ。やめよ！　見えるだけで、のこのこと妖に近づくなど、危ないことこの上ない。そなた死ぬ気か」

奏一郎は表情を引き締めた。

「ならぬと言われても、応じかねます。これは、わたしの務めです。死ぬ気もございません。わたしは妹を嫁に出してやらねばならぬので」

「阿呆なのか⁉　そなた」

「わたしは、間違っているでしょうか」

言い返したそうに虎千代が唇を動かすが、言葉が見つからないらしく、奏一郎を睨みつける。雉女が、ふぅんと鼻を鳴らして言う。

「間違ってないわね、ぜんぜん」

「間違ってなくとも莫迦なことなのだ！　もう良い。勝手にせよ。死んでも知らぬぞ！」

吐き捨てると、雉女を抱えて床へ潜り込む。雉女がにゃあんと、虎千代の腕の中で鳴く。

「はい。勝手にいたします。死にませんが」

半妖怪の若殿に挑むように応じた。

既に、巻き込まれてしまったものはしかたがない。奏一郎も武士の端くれ。お家の抱える重大な秘密を知ったからには、引き返すことなどできないと理解している。

主君に仕えるとは、こういった突拍子もないことも受け止めなくてはならないのだろう。それが禄を食《は》むということ。

だとしたら、ただ状況に困惑するよりも、己のすべきことを考え、できることを己の意思で選び取り務めるべきだ。そうすることで、巻き込まれたことに不満を抱きつつも、ある程度の矜持をもっていられる。

手をついて頭をさげ、奏一郎は立って次間に向かう。襖を閉めるとき、今一度手をつき頭をさげた。

「ゆるりと、お休みくださいませ」

暗闇に端座し、奏一郎は目を閉じた。

(巻き込まれ、他に道がないのだから、意地でもわたしは殿のお命を狙うものを見つけ出さなければならない)

ただ問題がある。

(若殿の仰るとおり、妖が見えるだけのわたしは、どうやって妖を成敗する?)

大問題だ。

暗闇に座りながら、ふと思う。

(あの、ぬらりひょんなる妖に、相談でもしてみるかな)

§

「あの者は、あれほど阿呆だったのか? 出奔を提案したのは、わたしの情けだぞ。しかも言うに事欠いて、我らが七年も翻弄されているものを成敗するなどと」

脇の下にぬくぬくとした雉女の体を抱えながら、床の中で虎千代は独りごちる。すると雉女が、ひょんと顔を寄せてきた。

「仕方ないわよ、若殿。出奔なんて簡単にできるものですか。しかも、じゃあ、どうすればいいかって言われたら、奏一郎の立場なら原因をすっぱり成敗しちゃえば良いって考えるのは当然じゃないかしら」

そんなことは、言われるまでもなく虎千代も理解している。だが今の状況で、行動を制限されるのは望ましくない。母の縞は、虎千代を危険から遠ざけようと躍起になっている。父芳隆が伏せっているからなおのこと、世嗣の虎千代に何かがあってはならないと、それを一番に気にしている。

(しかし、父上をお助けできるのは、母上以外には、わたししかいないではないか)

庄司主膳は切れ者だが、所詮は人。

縞は百歳を超える大化け猫ではあるが、その守りをもってしても、芳隆が倒れたのだ。敵が力を増したか、あるいは助っ人が加わったかしたのだろうから、対抗するために虎千代が動くべきだ。

にもかかわらず縞は、虎千代を縛るために、生きた捕り縄を国元から呼び寄せた。

梓木奏一郎——。

(助けられたこと、母上に話さなければ良かった)

七年前のあのとき、黒狐に追われて危ないところを助けられ、上屋敷に戻った虎千代はつい、縞に言ってしまったのだ。江戸藩邸の小作事奉行とその息子に助けられた、と。

みっともないことだったが、つい告げてしまったのは嬉しかったからだ。

虎千代が何者とも知らずに助け、ねぐらに送ってやると親切におぶってくれた。その背中が温かくて、ほっとして、もし頼りになる兄がいればこんな風だっただろうかと、つい気弱が顔を覗かせ泣けてしまった。

そんな気持ちを縞は見抜いていたのだろう。

だから奏一郎は捕り縄として選ばれた。

(奏一郎をどうにかできぬものか。危ない真似などされては……)

雉女の頭を撫で、ごろごろと喉を鳴らすのを聞きながら、虎千代は考える。

虎千代は父のために動き続けるつもりだが、そうなると奏一郎の立場はどうなるのか。

主家の秘密を知りつつ役立たずとなれば。

(奏一郎がどうなってしまおうが、しかたない……)

と、強《し》いて思おうとした。

(わたしは、父上をお助けしなければならない)

気持ちが乱れて苛立つ。

2

不寝番の明けた早朝に、奏一郎は小姓部屋で、同輩となる若殿付きの中奥小姓と顔を合わせた。

虎千代についている中奥小姓は、奏一郎を含め三人。同輩は、富川四郎右衛門《とみかわしろうえもん》と、田所藤助《たどころとうすけ》という二人で、二人とも二十代。同輩の富川と田所は、奏一郎が加わり勤めが楽になるだろうと喜んでいる節があり、終始笑顔だった。

同輩の二人は普段、小姓部屋に詰めているだけで、虎千代の近くには侍らないらしい。虎千代が不要として近づけないのだ。

ただ小姓頭は、不寝番だけは意地でも譲れないらしく、交代で中奥小姓が次間に毎夜詰めている。だが実際、寝間に虎千代がいるのかは、怪しい。

不寝番明けなので、奏一郎は今日一日休むようにと小姓頭には言われた。

小姓部屋を出て侍長屋に帰る途中、奏一郎は、門番をしている徒組の坂口を訪ねた。

坂口に一分銀を渡し、出入りの小間物屋が来たら、上等な煙草の葉を買ってくるように頼んでくれとお願いした。坂口は、そんなものは小間物屋に頼まずとも、仲間内のだれそれが外出するので、それに頼むと請け合ってくれた。その方が手間賃を取られなくてすむという。さらに甘えついでに、貸本屋が来たら妖怪を描いた本を借りてくれともお願いした。それも坂口は快諾してくれた。

侍長屋に戻って床に入ると、二階でバタバタと妖のたてる物音がした。奏一郎にしてみれば聞き慣れた音だ。さして気にならず、すぐに寝入り、九つ（正午頃）の鐘で目が覚めた。

すると坂口が顔を出し、煙草の葉と本をもってきてくれた。

煙草の善《よ》し悪しはわからないが、香ばしいつんとした香りのする葉を、幾つかにわけて紙に包み、ひと包み懐に入れる。

伸びをして、奏一郎は立ちあがった。

「さて行くか」

不寝番明けの今日は一日休みだが、小姓頭のところへ向かい、明日からの勤めのために、この休みを使って御殿の中を知っておきたいと願い出た。

熱心なことだと感心する小姓頭の快諾を得て、奏一郎は御殿の広間に面した縁側に座った。正面は石と松を配した庭。

昨夜は不寝番だったが、眠気はなかった。午前中眠ったのもあるが、昨夜は実は、しっかり居眠りをしたからだ。

虎千代に限っては、不寝番の意味はないはず。なにしろ本人が半妖怪。化け猫になりかけの雉女も同衾している。奥には、化け猫で虎千代の母、正室の縞もいる。不寝番も、安心して居眠りできるというものだ。

奏一郎が座っていると、庭掃除の中間が妙な顔をしてこちらをみやるので、にっこり微笑んで誤魔化した。

殿である里川芳隆が伏せっていることもあり、広間を使う用もないらしく静かだ。

陽射しがぽかぽかと奏一郎の膝を温めた。

ひとけのない広間を背に座って、一刻以上経った頃。

しゅっと、足袋の底が縁側をする音がした。縁側の向こうの端に、着流しに黒い無紋の羽織の、禿頭の老人の姿があった。ぬらりひょんだ。

ぬらりひょんは奏一郎が座っているのに気がつき、一旦足を止めたが、こちらが軽く会釈をすると近づいてきた。

「奏一郎さん、でしたっけね。昨夕は大変でしたなぁ」

「さほどではありませんでした」

うそぶくと、隣に腰を下ろしたぬらりひょんに、懐にあった煙草葉の包みを差し出す。

「さしあげます、お近づきの印に」

「おっと、これは」

ぬらりひょんは包みを受けとると、鼻先にもっていき、香りをかいで目を細める。

「張り込んだねぇ、奏一郎さん」

「お仲間になりますから。礼はつくしませんと」

「仲間!?」

ははっと愉快そうに、ぬらりひょんは笑った。

「おまえさん、妖になるのかね」

「妖にはなれませんが、あなたと同様に、若殿に仕えることになったので」

「わたしは、若殿に仕えてるわけじゃあないよ」

「そうなのですか？　では、なぜ若殿に力を貸しているのです？」

紙包みを袂《たもと》に落として、ぬらりひょんは「そうさね」と、庭の松の枝に目を向ける。

「三年ほど前に、若殿にとっ捕まってねぇ」

にやりとして、ぬらりひょんはこちらを見る。

「わたしがどんなものか知ってなさるのかい？　奏一郎さん」

「百怪図巻《ひゃっかいずかん》に、あなたに似た姿の妖を見ましたが。それだけです」

先刻、坂口が谷町の貸本屋から借りてもってきた本は、百怪図巻というものだった。図ばかりなので、ぱらぱらとめくってみると、目の前にいる妖に似た妖怪が描かれていたが詳細な説明などはなく、ぬらりひょんという名が書かれていたのみだった。

結局、この禿頭の妖がどんなものなのかは、わからない。

「にしては、おまえさん、わたしがここに来るのを待ち受けていたようじゃねぇか。ここに来ると踏んでたんだろう」

「庄司様のお住まいに入ってきた様子が、随分慣れていました。しかも広々と、整った場所で煙草をふかすのがお好きそうだと思ったので。庄司様のお住まいか、もしくは御殿の広間にいれば、会えるのじゃないかと。庄司様のお住まいは先にいらしていたので、江戸っ子なら、趣向を変えて次は御殿の広間かな、と。それだけです。今日お見えにならなければ、何日かねばるつもりでした」

「なかなか鋭いお人だねぇ、おまえさん。たしかにわたしは、大店《おおだな》や大名屋敷、立派なお屋敷に入り込んじゃ、のんびり一服するのが大好きなたちなんだが」

着物の袂をさらりとさばき、ぬらりひょんは腕組みする。

（この妖は、いやに肝がすわっている）

奏一郎が今まで出会ってきた妖とは、風情が違う。泰然とし、多少のことにはびくともしない、読本の中に出てくる戦国の侍大将のような雰囲気がある。

「だからって、悪いことはしやしない。この御殿にも何十年も前から幾度も来ていたんだが、三年前に若殿に見つかってね。殿に仇《あだ》なすものと思われたんだろうねぇ、爪で引っかかれそうになった。しかしそこは、それ。わたしも、ぬらりとかわして、御殿で追いかけっこの大騒ぎさね。それに縞様が気づかないはずはねぇわな。奥から飛び出しておいでになって、若殿を止めてくださった」

「縞様と面識があったのですか」

「そりゃ、若殿がお生まれになるまえから、わたしはここに出入りしてるから。でね、縞様から丁寧に詫《わ》びをもらった。あの子はまだ年端もいかぬ半妖怪で、しかも父を守りたい一心だったので許してやってくれと」

奏一郎は首を傾げた。

「それで？　なぜ若殿に力を貸すことに」

「言ったろう。捕まっちまったのさね」

「え、しかし」

と、問い返そうとしたそのとき。

「梓木！」

苛立たしげな叱責めいた声で呼ばれ、ふり返ると、廊下の向こうに主膳の姿があった。

ぬらりひょんが、にやにやする。

「おいでなすったねぇ、苦労性の堅物が」

主膳に、ぬらりひょんは見えていない。

ずんずん近づいてくる主膳を迎えるために、奏一郎は立ちあがって頭を低くした。

「そなたは、ここでなにをしておるのだ、梓木！」

「小姓頭より、こちらに立ち入る許しは頂きました」

「そういう意味ではない！　若殿のお側に控えることもなく、広間の縁側でなにをしているのかと訊いているのだ。ひなたぼっこか!?　そなたは、猫か！　猫はもう足りておる」

目を吊り上げている主膳を、縁側に座ったぬらりひょんは、面白そうに見あげている。

「いえ、今。若殿と親しくしている妖と話をしていました。若殿を御すには、まず若殿のことを知るのが最善かと」

「誰もおらぬではないか」

奏一郎はちらっと、自分の傍らに目をやった。

「隠遁しているので、姿が見えないのです。すみません、ぬらりひょん。隠遁せずに姿を現してもらえませんか？」

ぬらりひょんは舌を出す。奏一郎は、ため息をつく。

「断られました。現れてはくれませんが、ここにいます」

「どうでも良い、そんなこと。とにかく若殿のお側に常に侍れ。そのためにそなたは、呼ばれたのだ」

「しかしわたしは今日は不寝番明けで、一日お休みなのです」

「そなた、昨夜は不寝番をしたのか」

江戸に到着したその日に不寝番を務めたと聞き、主膳は驚きの表情になった。

「若殿に命じられましたので」

「ほぉ、若殿が命じられた。気に入られたか」

「勝手にしろと言われましたが、勝手にいたしますと申しあげました」

「それで良い。それで良いが、今なぜ若殿のお側にいない」

「先ほど申しあげましたように、不寝番明けで」

「そなたには、不寝番明けも休みもない」

「……ない？」

意味がわからず問い返すと、主膳は鬼のようなことを、さも当然のように口にした。

「そなたに休みはない。常に若殿の側に侍り、夜も次間だ。そのこと先ほど小姓頭にも伝えた。不寝番も、そなた一人でするとと伝えてある」

「それは、一日も休まず若殿のお側に侍り、なおかつ寝てもならぬと？」

「休みはない。しかし若殿のお側にいるだけなので遊んでいるようなものだ、問題はなかろう。夜も寝て良い。若殿を外へ出さない工夫ができるのならば」

「そんな無茶じゃねぇか」

唖然《あぜん》として言葉が出ない奏一郎の代わりに、ぬらりひょんが呟くが、主膳には聞こえない。反論をさせまいとするかのように、主膳は続ける。

「乳母《めのと》ならば常に、そのようにして勤めている。そなたもそのつもりでいろ」

「……乳母……」

元服した十九歳男子が、そろそろ元服かという少年の乳母とは。滑稽すぎる。

頭脳明晰な主膳のこと、無茶を言っている自覚はあるだろう。あっても言いたくなるほど、必死らしい。

「とにかく若殿のお近くへ侍れ。若殿は昼でも、お姿が見えなくなることがあるのだ」

青筋の浮く主膳のこめかみに、奏一郎は同情の念が湧く。

藩主が病で伏せっているとなると、世嗣の若殿の大切さは増す。江戸家老である彼にとって虎千代は、藩主と同様。いや、先を見据えればそれ以上に、大切に守り仕えなければならない御方。

真綿でくるんで箱に入れ、抱えて眠りたいほど大切にしたい若殿が、ふっと姿を消すなど、主膳にとっては肝が冷えるどころの騒ぎではないのだろう。

「申し訳ありません。すぐに中奥へ参ります」

頭をさげ、そそくさと主膳の前から離れつつ、縁側に座るぬらりひょんを、ちらっと見やった。彼は、行けと促すように手をふっている。

すぐに中奥へ向かった。

しかし。

虎千代は居間にいなかった。中奥小姓の仲間や小納戸役に訊いても、誰も行方を知らない。

頭を抱えたくなった。密かに、外出したに違いない。

朱引きの内側だけでも、とんでもなく広い江戸の町だ。無闇に探しに出ても、虎千代を見つけられはしないだろう。かといって、主のいない居間につくねんと座り、帰りを待っている姿を主膳に発見されたら、手討ちにされかねない勢いで怒鳴られるだろう。

奏一郎は虎千代が消えたことを主膳に告げ、彼を通して目付《めつけ》から他出札《たしゅつふだ》をもらい屋敷の外へ出た。

主膳は奏一郎を蹴り出す勢いで、虎千代を連れ帰らねば生涯戻ってくるなと言いたげな顔をしていた。

おまえは難儀だなという父の声が、また脳裏に蘇る。

(本当に難儀です、父上)

しかし虎千代がどこへ行ったかなど、皆目見当がつかない。

うろうろと無闇に溜池から谷町、果ては愛宕下《あたごした》までくまなく歩いた。結局門限までに見つけられず、疲労だけを引きずり一旦上屋敷に戻った。

すると、虎千代が見台を前に、すました顔で座っていた。

奏一郎が呆然として「若殿、いずこにおいでに……」と思わず問うと、彼はちらっと口元に笑みを浮かべた。そして、

「そなたこそ、どこにいた。わたしのそばにいないのでは、役には立たぬな」

と言った。奏一郎は思わず漏れそうなため息をぐっと呑み込み「申し訳ありません」と頭をさげた。虎千代の傍らで丸くなっていた雉女が、やけに気の毒そうな目をして奏一郎を見ていた。

汗だくで砂埃にまみれた着物を着替え、再び奏一郎は虎千代のもとに行った。

しかし。

再び姿が消えていた。奏一郎は焦って、またもや主膳の住まいに走り、門の閉まった屋敷から密かに外へ出る許しを得て、裏門の潜り戸から外へ飛び出した。

晩春の夜風が手にある提灯《ちょうちん》を揺らし、足もとはうっすら寒い。

若殿を連れ戻そうと飛び出したが、どこへ行けば良いのか。

幸いに四つ（午後十時頃）前で、木戸も閉まっていない。虎千代は木戸があろうがなかろうが、ひょいひょいと方々を移動しそうだが、木戸が閉まれば、奏一郎は自由に動けなくなる。

（上屋敷に寄ってくる、強く悪意のある妖を退治していると若殿は仰っていた）

ということは虎千代は屋敷の周囲にいるはず。おおよそ五町（約五五〇メートル）の内だろうとあたりをつけ、屋敷を中心に、ぐるりと徐々に外側へ巡るようにして歩き出す。

武家地の夜は寂しい。

辻番所の灯りが見えるとほっとし、詰めている者に、目鼻立ちの整った少年を見なかったかと訊いたが、最初の二カ所では人は通らなかったと言われた。

足もとに揺れる提灯の、ぼんやりしたまるい光を爪先で蹴るようにして、せかせか進んでいくと、先にまた辻番所があった。ここでも虎千代を見なかったか訊いてみようと思い近づくが、ひとけがない。

通常、夜の辻番は二人ひと組。一人が用を足しに立っても、一人が必ず残るものだが。

辻番の姿を求め、提灯を高く掲げて周囲に視線を向けようとしたそのとき、垢《あか》と汗がいりまじったような、つんとした悪臭が鼻をつく。背後から漂ってくる。

おやと思う間もなく、背後から肩を叩かれた。

ふり返ると目の前に、骨と皮ばかりのように痩せさらばえた、すり切れた衣をまとった老僧の顔があった。

驚き、わっと思わず声が出て、二歩ほど後ろにさがった。

「これは、こんばんは……」

と、挨拶をしようとした。

しかしそれが終わらぬうちに、僧の肌がじくじくっと妙な音を立てた。

老僧の肌の毛穴という毛穴から、突然、朱の炎が噴き出した。奏一郎の頬を、鼻先を、炎の熱が襲った。

声をあげ、奏一郎は背後に逃れようと後ずさりして足がもつれ、尻餅をついた。

(妖だ！)

全身から火を噴き、炎をまとう僧の衣は、不思議なことに焼け崩れない。肌も、ぶすぶすと音を立てるが、焼けたそばから新しく肉が盛りあがり、また焼ける。こちらに手を伸ばし近づいてくる顔には、大きく口を歪《ゆが》めて開き、生きながら焼かれ、焼かれてもまた再生して焼かれ続ける、苦悶《くもん》の表情がはりついている。

(あの手に触れられたら、焼かれる)

奏一郎は提灯の持ち手を握りなおし、跳ね起き、後ろも見ず駆け出した。

ぶすぶすと肌が燻《くすぶ》る音と、追い風に乗る熱、揺らめく炎のあかるさが背後に迫る。

走り出すと、ここがどこかわからなくなった。

左右に塀が続いているところをみると、武家地から出ていないはずだが、下り坂になっている。もしかするとこのままくだれば、愛宕下あたりの、町家の並ぶあたりだろうか。そこであれば、武家地よりも人がいるかもしれない。

息があがる。背後の熱が近くなる。

ぞっとしてふり返ると、手を伸ばせば届く距離に、くわっと口を開いて痩せた顔がある。思わず提灯を投げつけたが、手で払われた。

来た道も、行く先も、真っ直ぐに白い壁が左右に続いているだけ。ひとけは、ない。脇道もない。逃げ切れない。

悟った奏一郎は立ち止まり、振り向きざまに、腰から二尺三寸(約七〇センチメートル）の刀を抜いた。正眼に構えたが、柄を握った手は冷や汗にぬめり、情けないことに微かに刃先が震えている。
震える刃先を照らすのは、僧の体を包む炎。

（怖い）

いくら刀を向けても、ただの人である奏一郎に妖が斬れるとは思えない。

歓喜するかのように僧侶の口が大きく開き、両手を突き出し飛びかかってきた。顎を引き、奏一郎は突きを繰り出そうと構えたが、突きのための一歩が出なかった。足が動かない。膝が震えて固まっている。

熱が迫った。

足が動かないのに焦って、構えを変えて刀を振りあげようとしたが、掌は汗でぬめって、柄がいつもの倍以上太いような感覚がした。

手から刀がすっぽ抜けた。刀は右斜め前方の、あらぬ方向の暗闇へ飛ぶ。

燃える僧侶の指先が鼻先に迫った。

傍らにいるぬらりひょんが、風をかぐように夜空を仰ぐ。

「いい夜ですねぇ。さて、今夜はいつ頃やつらが出てくるかねぇ」

「昨日のように、早々に出てきてくれれば助かるが」

質素な身なりで、太刀も持たず、虎千代はぬらりひょんと並んでいた。妖退治に使う刀は、ぬらりひょんに預けてある。どういう仕組みなのか、ぬらりひょんの袂には大小色々なものが、するりと納まるらしい。

自分で自分のことを、ただ顔が広い爺《じじい》だと言う妖は、三年前からの顔見知りだ。

ふた月半前、夜回りをして妖退治をしようと決意した虎千代が夜に屋敷を抜け出すと、どこからともなくぬらりひょんは現れ、同行するようになった。妖が出ると、あちらだこちらだと方向を指示したり、周囲に人が近寄らないように見張ったり、なにくれと手助けしてくれる。

なぜ助けてくれるのかと問うと、「暇つぶしだよ」と、にやにやする。

ぬらりひょんはその名の通り、ぬらぬらとしてつかみ所がない。

§

こうして隣を歩いているぬらりひょんの考えはわからないが、大いに役に立ってくれるので、手助けを拒否する気にもなれなかった。

ぬらりひょんの手にある提灯が、暢気にぶらぶらと揺れる。虎千代もぬらりひょんも、闇の中でも目が利く。にもかかわらずこうして提灯を持っているのは、人に行き会ったときに不審がられないためだ。

「昨日は、どうしたことか。妙に出てくるのが早かった。今までなかったねぇ、あんなことは」

「確かに。奇妙に早かった」

虎千代が夜回りをはじめて、もうすぐふた月半になろうとしている。毎夜毎夜、妖どもは現れるのだが、たいがいは夜四つの鐘が鳴り木戸が閉まった後だった。早くても五つ(午後八時頃)の鐘より早く出てくることはなかったのだが。

(昨夕に限って、いやに早かった。まだ夕暮れ時、七つの鐘が鳴ってすぐ)

たまにはそんな日もあるだろうが、きっと今夜はいつもと同じ、五つの鐘が鳴らない限りは出てこないだろうと思った。

しかし。

ふと、鼻先に焦げ臭い嫌な臭いがした。

（これは）

立ち止まると、ぬらりひょんもつられたように立ち止まる。

「どうしなすった、若殿」

「臭いだ。焦げ臭い」

「火事ですかい？」

「いや、もっと生臭い。……まさか妖」

ぐんと、臭いが強くなった。虎千代は周囲に視線を投げた。

（まだ五つの鐘は鳴っていないぞ⁉）

早すぎると思った。しかしこれは間違いなく妖の臭いだ。しかも強い。

「行く」

虎千代は駆け出し、走りながら勢いで築地塀へと跳躍し、その上を身を低くして疾走する。提灯を投げ捨てたぬらりひょんが、同様にしてついてくる。

虎千代の猫目は、夜闇の中でもものの形がよく見えた。

ぐんぐん臭いは強くなった。

前方の闇が急に、ぼんやりと揺れる朱色に明るくなった。

そして遠目で見えた。

全身から炎を噴き上げる妖と、それに追われる人の影。

炎に照らされ、ふり返った人の顔を見て、息が止まるかと思った。

（奏一郎⁉）

虎千代が外に出たのに気づいて、連れ戻そうと飛び出してきたのだろう。しかしなぜ彼が、妖に追われているのか。

（言わぬことではない！）

3

「この莫迦者！」

はりのある澄んだ少年の声がした。声に弾かれたように、炎の僧侶は突然、背後へ大きく跳躍して飛び退《の》く。

横から強く、何かが奏一郎の体にぶつかってきた。衝撃と驚きで息が止まりそうだったが、ぶつかってきたものに奏一郎は抱えられた。体がふわっと浮いて、二間ほど後ろに飛んで地面に足が着く。

肩の先に白い顔があった。虎千代だった。

奏一郎よりも頭半分背が低く、体も半分ほど華奢な虎千代が、奏一郎を抱きかかえ軽々跳躍したのだと悟った。虎千代は、奏一郎の腰と背に、軽く両手を回しているだけだ。自分より大きな男を軽々と抱きかかえて跳ぶのは、力任せではなく、なんらかの術か。

「……若殿」

強ばった声で言えたのは、その一言のみ。自分をやわらかく抱く少年の姿に、腰が砕けるほどに安堵した。

五間ほどの距離を置き、ぶすぶす音を立てながら僧侶は燃え、黒目のない、白目だけの眼でこちらを凝視している。

「大事ないな？」

確認しながら、虎千代は奏一郎から手を放し、軽く肩を突き、さらに自分の背後に押しやろうとする。

「若殿。あれは」

「火前坊《かぜんぼう》だ。近頃、火の妖が多いな」

「若殿！」

右手前方の暗闇、塀の上あたりから声がして、どんと何かが地面に落ちる音がした。火前坊が音に反応し、さらにじりりっと後退《あとずさ》る。

音のした方から、着流しの裾をからげ、ぬらりひょんがこちらに駆けてきた姿が、火前坊の炎の明るさで浮かぶ。手には、奏一郎の手からすっぽ抜けた刀を持っていた。

虎千代とぬらりひょんを見比べると、火前坊が、いきなり背を見せ駆け出す。左右に続く真っ白い壁に炎の光と影を歪め投げながら、吹きすぎる風音のような不気味な声を発して走る。

「あちらは上屋敷の方向だ。ぬらりひょん！」

虎千代も駆け出し、迫ってきたぬらりひょんの手から、走りながら刀を受け取る。そのまま、虎千代は刀を下段に構え、火前坊を追って走り続ける。

一方のぬらりひょんは、片手で着流しの裾をつまんだまま左手の塀へ走り、その勢いで塀を蹴り、反動で大きく宙に弧を描き跳び、火前坊の前に立つ。

「通さねぇよ！」

火前坊が、苛立った甲高い叫び声をあげる。

虎千代が背後に迫っていた。構えた刀身に炎が赤く映り揺らめき、夜闇の中で妖しく輝いた。輝きが火前坊の胴を薙《な》ぐ。

闇を突き抜ける悲鳴があがり、炭に水をかけたときのような音がぱりぱりと響き、いきなり炎が消え、周囲が暗闇に沈む。

「若殿！」

今まで明るかっただけに、突然落ちてきた闇に奏一郎は身が竦む。

何度か瞬きしたが、目はなかなか闇に慣れない。

しんとして、なんの音も聞こえない。

「……若殿」

情けない声で呼んだそのとき、前方の暗闇で、ぽっと小さく灯りがともった。それは奏一郎がなげつけた提灯で、それを手にして立ちあがったのは虎千代だった。傍らには、ぬらりひょんの姿もある。

「あれは火前坊だ。火定三昧《かじょうざんまい》で死んだ坊主が妖になったものだ。往生を願って焼身で命を絶ちながらも、それでも現世への未練が断ちきれなかった哀れなもの」

提灯を手に、虎千代はこちらに向かってくると、ちらりと、火前坊が燃え尽きた暗闇に視線を流す。

「もとが人で、執着も邪念も煩悩も強いために、妖になったのだ。ゆえに邪悪」

淡々と語る少年の声を聞きながら、奏一郎は畏怖を覚える。

「若殿は、あのようなものたちを退治しておいでなのですか」

昨日、虎千代が退治した天火と比べものにならない邪悪な気配は、奏一郎の全身を打った炎の熱で感じられた。

「時による。今夜は、ひどいのが出た。昨夜に続き、また刀を借りた」

差し出された刀を、奏一郎は受け取る。

「こうして、奏一郎さんが迎えに来なすったんだ。火前坊も斬ったことだ。若殿、今夜はこれで、奏一郎さんと一緒にお帰りなさいよ。奏一郎さんは、お務めをはたさなきゃならんでしょうからね」

ぬらりひょんがにっこりと笑うと、虎千代が訝《いぶか》しげな顔をした。

「やけに奏一郎を気遣うではないか」

「煙草をもらいましたので」

舌打ちし、忌々《いまいま》しげに虎千代は吐き捨てた。

「賄《まいない》か。大人らしい」

手にある提灯を、虎千代は奏一郎に向けて突き出す。

「そなたが持て。帰るぞ」

虎千代が歩き出すと、どうぞお気をつけてと、ぬらりひょんが言う。奏一郎は震えがおさまり、全身の力が抜けたような頼りない体を、なんとか前へ運ぶ。

小姓らしく主の行く手を照らすために、足を励まし歩を進め、前に出る。

「お助けくださり、ありがとうございます」

歩きながら背後にむかって頭をさげた。

「父上のお命を狙う妖を見つけて退治すると、昨夜は大口をたたいていたな？　奏一郎。なかなか役に立ちそうで頼もしいぞ」

嫌みにぐうの音《ね》も出ず、肩を落としてとぼとぼと歩く。虎千代の言うとおりだ。

「わたしを連れ戻すために屋敷の外に出てきたのだろうが、よくわかったであろう。そなたがどれほど意気込もうが、人にはどうにもならぬのだと。しかし、どうして火前坊に追われた？　なにをした」

「特に、なにもしておりません。若殿がどこへいらしたかと、あちこち歩き回っていたら、辻番所で不意に背後に現れて追って来ました」

「なにもしていない？　しかも奴の方から現れたとなると、そなたに引き寄せられたのか」

「妖を引き寄せる真似などしておりませんが」

「そなたが何をしたのかではなく、そなたの存在に引き寄せられたのかもしれぬ。遠くのものを引き寄せるとしたら、光、音、匂い……」

訝しげに口にして、ふた呼吸ほど間があったが、不意に虎千代は足を速めて奏一郎に並ぶと肩に手をかけ、首に顔を近づけて嗅ぐ。奏一郎の肌に吐息が触れた。

「若殿⁉　なんでしょうか」

不意なことにどぎまぎしてしまうが、虎千代は肩に手を置いたまま奏一郎を見つめた。

「香り。これかもしれぬ。七年前、最初に会ったときから、そなたから気をそそられるような良い香りがするのだ」

突然言われて、戸惑う。

「香りですか？　なんの香りでしょう。自分ではわかりませんが」

「嗅いだことのない香りだ。一族に伝わる香など、着物にたきしめていたりするのか？」

「わたしも侍です。そのような奥女中のような真似はいたしません」

「では、この香りはなんだ」

自分の袖を嗅いでみるが、着慣れた古い木綿の香りがするだけ。

「木綿の香りです」

「甘い香りだ」

「いえ、いたしません。若殿にしか……」

と、言いかけて、はっと思い出す。

「そういえば、ぬらりひょんと初めて会ったときにも、言われました。香りのこと」

「同輩に言われたことはあるか」

「いえ」

ふむと虎千代は顎に手をやる。

「妖にしかわからぬ香りやもしれぬな」

「縞様はなにも仰っていませんが」

「母上は着物に香をたかれているので、わかりづらかろう。雉女は妖としては半人前だから、嗅げぬのかもしれぬ。しかしわたしと同様に、ぬらりひょんも口にしたとなると、そなたの香りが火前坊を誘った可能性はある。しかし、これはなんの香りか」

自分ではわからない香りだ。なんの香りと問われても、さっぱりわからない。

「妖が追いかけたくなるような、香りなのでしょうか?」

「良い香りだが、すくなくともわたしは、そなたを追いかけ回そうとは思わぬ。その香りに執着があるものなら、別だろうが」

「執着ですか? 妖が執着をしていると?」

「わからんが。確かに昨夕も、そなたがいる場所に天火は現れたな」

虎千代は少し考えるそぶりで、地面を睨む。

「もし仮にそなたの香りに妖どもがひきつけられているならば、その香りが、なにに起因するのかがわかれば、手がかりになるかもしれぬ。我らの心当たりが父上の命を狙っていると、裏付けられるかもしれない。まあ、昨夜と今夜、奴らがそなたの近くに現れたのが、ただの偶然ということもあるが」

奏一郎は小さくため息をつく。

（また出た。心当たり、か）

虎千代は昨日から何度か、藩主里川芳隆の命を狙う妖に心当たりがあると口にしていた。にもかかわらず、尻尾を摑《つか》めていないのだと。

「わたしには教えて頂けないのでしょうか、その心当たりとやら」

奏一郎は我が身と家族を守り、梓木家の賜る家禄を守るために虎千代を御さねばならない。しかしこうして二晩続けて虎千代の夜回りに巻き込まれてみれば、虎千代を御すのは無理だと痛感する。となれば昨夜決意した通り、藩主を狙う妖の正体を突き止め、退治するしかないのだが――実際、虎千代が言う「心当たり」がなんのことかすらわからないのでは、お先真っ暗だ。せめてその心当たりでも教えてもらえればと思うが。

「軽々に語れぬことだ」

と、虎千代はにべもない。

今の奏一郎は、平穏に淡々と過ごしていたのに、急にわいわい騒いでいる人々の真ん中に、腕を摑まれ無理矢理引っ張り込まれたようなものだ。引っ張り込んだ連中は、奏一郎が「これはなんの騒ぎですか」と問うても、肝心なことは教えてくれず、あれをしろこれをしろと、命じるだけ。

情けない気分になる。

その夜も不寝番として次間に座ったが、しっかりと居眠りをしてしまった。

§

翌日から奏一郎は、乳母のように虎千代の居間や寝間に、四六時中居座りだした。

(間違いなく、庄司の言いつけだな)

鬱陶しさに頭痛がしそうだったが、虎千代はぐっと堪《こら》えた。

それからしばらくは、昼間に屋敷から出て行くことはしなかった。おとなしく書を読み、笛を吹いてみたり、剣術の稽古をしたり、庭をそぞろ歩きしたり、若殿らしい過ごし方をした。昼間は妖どもは動かないので、自分の楽しみで出かける以外は、おとなしくしていてやってもいいのだ。

奏一郎はいちいち虎千代につきあっていたが、書見をしている傍らで、こくこくと舟を漕ぐことしばしばだった。普通ならば叱責するところだろうが、大目に見た。

なにしろ虎千代は、日が暮れると必ず外へ出るからだ。それを追って奏一郎は毎度飛び出すので、疲労困憊《こんぱい》して当然だろう、と。そのあたりは理解している。

日が傾く頃に、奏一郎が厠《かわや》に立った隙などに、虎千代は屋敷の外へ抜け出す。

そうすると奏一郎は毎度毎夜、大慌てで主膳のもとへ走り、門を出る許しを得ていたらしい。とうとう三日目には、主膳の名の裏書きがある「出入勝手《でいりかって》」という珍妙な他出札をもらい、いちいち断らずとも門を潜って良いということになったらしい。

奏一郎から情けなさそうに他出札を見せられたときは、噴き出した。

ただ不思議なことに、真夜中まで奏一郎が外をうろつく必要はない。

いつも虎千代がどこへ行ったかわからないままに、奏一郎は夜闇の中に飛び出すらしい。しかし彼は、たいがい半刻（約一時間）もしないうちに奇妙なものに行き会う。

初日に出くわした天火が、また奏一郎の方へ向かって飛んできたり。大八車の車輪のような巨大な妖が、ごろごろと大きな音を響かせながら正面から転がってきたり。屋敷の角から、「食いたい、食いたい」と叫びながら、痩せさらばえた老婆《ろうば》の姿の妖が飛び出してきたり。

妙なことだった。

五つを過ぎなければ出現しなかった妖が、奏一郎が屋敷から出てくると、半刻もしないで現れる。しかも彼の周囲に。

妖たちはまるで、奏一郎に惹《ひ》きつけられているような——。

それが三日続くと、虎千代とぬらりひょんは、奏一郎が飛び出すのを遠くで見守るようになった。すると案の定、妖たちが現れる。

悲鳴をあげ、あるいは息を呑んで逃げだそうとする奏一郎の前に、虎千代とぬらりひょんが姿を見せて妖を斬る。

妖退治が終われば、その日の夜回りは終わりとなる。

ぬらりひょんに促されるので、虎千代はまだ夜風に当たりたいような物足りないような気がしながらも、奏一郎とともに屋敷に戻る。その後、奏一郎は次間に準備されている自分用の床で横になる。不寝番など必要ないと判断したらしい。まったくその通りなので、虎千代はあえて何も言わなかった。

不寝番をしていないとはいえ、毎夜門から飛び出し、妖に追いかけられ、奏一郎の体も心も疲れているようだった。

ただ虎千代は夜回りをやめる気もなかったし、奏一郎が追ってくるのも止めようと思わなかった。

奏一郎が妖を引き寄せている。今までのことからそう思えたので、さらに回数を重ね、確証を得るためだった。

もし奏一郎が妖を引き寄せているとしたら、芳隆を狙う妖の正体に近づける手がかりになるに違いない。妖が奏一郎に引き寄せられる原因を突き止めれば、今まで正体を摑めなかった首魁の尻尾にでも触れるかもしれない期待があった。

§

どれほど用心していても、隙を見て出て行く虎千代に、奏一郎は心底くたびれていた。裏門から飛び出すこと十度目の夜、「わたしは、なにをしているのだろうか」と内心げんなりしながら提灯を手に、妖退治を終えた虎千代の前を歩いていた。

（しかし勤めを続けなければ、わたしは母上も辰も守れない。わたしは梓木家の主なのだから）

国元に帰り、心穏やかに小作事方の勤めに戻りたい、と思う気持ちを腹の中で宥めながら歩いていると、背後で虎千代がぽつりと口を開く。

「やはり、そなたに引き寄せられているな」

「なんのことでしょうか？」

愚痴っぽい思考から現実に引き戻され、奏一郎はふり返った。

「偶然やもしれぬと思っていたが、十日も続けば偶然ではない。今まで毎夜、妖を探すのに難儀していたのだ。なかなか見つからず夜更けを過ぎることも頻繁だった。しかしそなたが来てから、奴らは驚くほどに容易に姿を現すようになった。妖は、そなたに惹かれて姿を現している。間違いない」

頼りない提灯の灯りに、虎千代の猫目が光った。

「そなた、本当に自分の香りに心当たりがないのか？　そなたが妖を見るたちと関係があるのではないか？　過去になにか奇怪な目にあったことはないのか？　あるいは血縁の中に、似たたちの者や、呪い師や拝み屋のような、妖に近しいことを生業《なりわい》にしていた者などいないのか」

問われても、奏一郎は困惑するばかりだ。

「特に奇怪な目にもあっていませんし、血筋の中にわたしのようなたちの者も、おりません。梓木一族は里川家に代々お仕えしているので、妖にかかわるような生業の者などおりませんし……」

「よく考えてみよ。そなたの香りの原因がわかれば、惹きつけられる妖の素性に近づけるやもしれぬ。それが、我らの考える心当たりに近ければ、正体だけはわかる。正体がわかれば、対処の方法も見えてくる」

また、虎千代の口から心当たりという言葉が出る。奏一郎の心にある不満が首をもたげた。

「なれば、心当たりとやらをお教えくださ い。そこから、己の過去の出来事や、一族のことで、思い出せることもあるかもしれません」

語調を強め、訴える。

「若殿。お願いです。わたしは最初にも申しましたが、殿のお命を狙う妖を見つけ成敗したいのです。だから、お教えください。わたしはそれを手がかりに、なんとか」

「軽々に教えられぬことだと、言ったはずだ。しかも成敗など、そなたにできるわけがないのだからな。そなたは、ただ己のこと一族のこと、あれこれ考えを巡らせ、気づいたことを教えれば良いだけだ。そなたは、わたしに利用されるだけで良い」

利用されるだけ。

虎千代の言葉が、なぜかつくんと胸に痛く感じ、続いて寂しい気持ちになる。小さな不満が、寂しさに撫でられたようになって萎《しぼ》み、自分の背筋を支える気力が削がれた。

「……家臣とは、まあ……そういうものでございましょう」

ぽつりと口にして、小さく笑った。

主に仕える目的は畢竟《ひっきょう》、禄をもらうこと。心から主に仕えたいと思う者など、この太平の世では珍しい。

しかしそれは、寄り添いたいと思える主が少なくなったからではないのだろうか。

（わたしも禄のためでなければ、このようなことはしていないだろうしな）

否応なく奏一郎はお役目に引き込まれたが、自然と虎千代のことが気になるし、なんとかしなければと思っていた。縞と主膳の意向をくみつつ、虎千代の思いも気にかかり、毎日疲弊している。

これがただ禄のためというのは、切ない気もした。

いくら心を砕いても、主に信頼されず。そして自分もまた禄のためだけと割り切って勤める。この切ない虚《むな》しさが、太平の世の侍の忠義なのだろう。

前を向き、黙々と歩を進めて押し黙った奏一郎の憂鬱さを感じ取ったのか、虎千代の声が背にあたる。

「どうした」

「お気になさらず」

「簡単に教えられぬこともあるのだ」

「よくわかりました。もう伺いません」

淡々と応じる。

「……わたしは」

なにか言いかけたが、虎千代は口をつぐんだ。砂を踏む二人の足音だけが、夜の闇に響く。

§

沈黙が、胸に痛かった。

(怒ったか？　奏一郎)

言い訳したいような気持ちにかられて、口を開きかけたがやめた。

(なんで、言い訳せねばならん。なぜ家臣の機嫌を取らねばならない。滑稽であろう)

世嗣として培われた矜持が心の中でそう言うが、さらに深い場所では、しくしくと小さく棘《とげ》がささったような痛みがある。

温厚で優しい奏一郎は、どんなに傍若無人なふるまいに対しても、困ったり情けながったりするだけで、怒りはしないような気がしていた。しかし彼が怒ったと思うと、気持ちが落ち着かない。

だが奏一郎の機嫌を取るような真似はできず、黙って歩き続けた。

§

翌朝、朝餉が終わった虎千代が見台を前にして論語を広げると、雉女は退屈して庭に出て行った。

奏一郎も次間に控え、ついうとうとしていると。

「梓木！」

耳元で呼ばれ、はっと目を開くと、正面に主膳の顔があった。

「庄司様⁉」

驚き、背後に手をつきのけぞると、主膳が胸ぐらを摑む。

「そなた、なにをしておる」

「申し訳ありません。居眠り……」

「わかっておるわ！　若殿はいずこだ」

額に青筋を浮かべる主膳から視線を外すと、見台の前には誰もいない。

（逃げられた！）

近頃、昼間に外へ出て行くことがなかったので油断していた。

「莫迦者が」

突き放されて、奏一郎はその場に手をつく。

「お探しいたします！」

「すぐに若殿をこちらにお連れしろ。後で、若殿とそなたを、殿付き中奥小姓が迎えに来るのだから」

殿付きの中奥小姓と聞き、驚いた。

「殿付きの方が迎えに来られるということは、殿にお目通りできるのでしょうか」

「そうだ。殿が先ほど目覚められ、今日は気分が良いとの仰せなのだ」

主君の体調の良さにほっとするのか、主膳の目が、少しだけやわらかくなった。そして慎重に言葉を選ぶようにして、告げた。

「実はここしばらく、殿はご体調がすぐれぬのだ」

藩主の不調を、不用意に漏らすことはできない。商人たちや公儀の目が、大名家には常に注がれている。つけいられる隙を作るまいと、どこの藩も常に気を配っている。

「若殿より伺っております」

「それならば話は早い。ご体調がすぐれぬために、殿にご挨拶できる機会はそうそうない。にもかかわらず今日は、目通りの許しが出たのだ。そなたがご挨拶する前に、まず若殿が殿にご挨拶なさる」

奏一郎が虎千代にはりついて以降、虎千代が父である藩主里川芳隆に挨拶に行ったことはない。常であれば毎朝挨拶するのが礼儀だ。

「久方ぶりの、ご挨拶だ。早く連れ戻せ」

「承知しました」

急いで奏一郎は立ちあがった。

門を潜るとき、門番の坂口が「奏一郎さん」と元気に声をかけてきた。立ち止まると、嬉しそうな顔で耳元に囁《ささや》く。

「増上寺《ぞうじょうじ》ですか？　門限は守ってくださいよ」

「増上寺？」

「灌仏会《かんぶつえ》じゃないんですか？」

不思議そうに問われて思い出す。

今日は増上寺の灌仏会だ。人出がある場所に藩士たちが出かけて、無用な騒ぎを起こさないように、目付はそういった日には外出を控えるように邸内にお達しを出す。今日も、目付はお達しを出したに違いない。しかし暇を持て余している藩士たちは、なにやかやと理由をつけて、外出して楽しむ。

奏一郎は笑顔で頷く。

「いや、うん。増上寺です」

「いってらっしゃい」

坂口に見送られて門を出たときには、向かうべき場所が心に決まっていた。

(坂口さんに、感謝しないとな)

三、御一門の呪いなので

1

妖は真っ昼間に動かない。にもかかわらず虎千代が屋敷の外へ出たとするなら、それは妖がらみではないだろう。ただ楽しみのために出かけた可能性が、おおいにある。

とするならば、向かうべきは増上寺だ。

愛宕下の方へとくだると、天徳寺《てんとくじ》西の三叉路は人通りが多かった。人波が増上寺の方向とは逆の北から流れてくるのは、切り通しをぐるりと迂回して山門の方から寺へ入るためだろう。

「奏一郎さん」

三叉路を左に折れたところで、背中から声をかけられた。ふり返ると、ぬらりひょんだった。懐手でひょいと隣に並ぶと、そのまま歩けと言うように目配せする。

　往来で立ち止まるのも邪魔になるので、奏一郎は歩きつつ、独り言のように細い声で問う。周囲の者には、ぬらりひょんは見えていない。

「どうしてこちらに？」

「あてもなく若殿を探しに行くだろうおまえさんが、不憫《ふびん》でな。若殿の行く先を教えてやろうと思ってね」

「知っているんですか？」

「増上寺さ。にぎやかだろう、今日は。若殿は、ああいう所へ行くのが好きなんだよ。花御堂を見て、ふるまいの甘茶でも飲んでいらっしゃるだろう。とはいえ奏一郎さんは、やっぱり勘が良いね。増上寺に行こうとしていたね」

「なんとなくです。子どもが、好きそうでしょう？」

　自分が足を向けた方角は間違っていなかったらしい。

「出てきてもらえたので、訊いて良いですか？」

「なんだい？」

「なぜ若殿に力を貸すことになったのか、という理由です。縞様は若殿が出歩いたり危ない真似をするのを、良しとしておられない。縞様とあなたは、旧知なのでしょう。それなのに縞様の意向に逆らう若殿に力を貸している」

　この十日ばかりでわかったのは、夜回りの虎千代のそばには、必ずぬらりひょんがいるということだ。この妖は虎千代をしごく真面目に手助けしている。

「縞様のことは知ってはいたが、まあ、ご近所のお仲間ってだけだったからね。互いに、さして興味もなかったが。しかしわたしは、若殿には捕まっちまったからね」

「捕まったというのは、若殿に力を貸さざるを得ないような弱みを握られたのですか？」

　ぷっと、ぬらりひょんは噴き出した。

「おお、そうだねぇ。弱みだ」

　通りの端にある天水桶《てんすいおけ》の陰に目を向けて、ぬらりひょんは「おっ」と目を見開く。

「あそこに縮こまってるのは、のっぺらぼうの小僧だ。気の毒に。ねぐらに帰りそびれたか」

　言いながら天水桶の方へ近寄っていくので、奏一郎もつられて行く。ぬらりひょんがひょいと腰をかがめると、天水桶の背後の暗がりを覗き込む。

　見れば、田舎道にあるお地蔵様くらいの小ささの、大店の丁稚《でっち》風の小僧が、膝を抱えて座っている。顔には目も鼻も口もない。隠遁しているらしく、往来の人には姿が見えていない。しかし真っ昼間のこのとき、力が弱まり隠遁するのがせいぜいなのか、じっと動かない。

妖は人の目から見えないように隠遁するが、隠遁していても妖同士は、こうして互いに姿が見えるらしい。

「おいおい、おまえさん。どこの子だい」

のっぺらぼうは小さくなって動けないのに、ぬらりひょんは平然としている。

隠遁しているとはいえ、昼間から歩き回る妖はめったにいない。出てきて、せいぜい夕暮れ。昼でも、人の寄りつかない彼らの住処《すみか》である暗い池だとか沼だとか、深い森だとか、土砂降りの田舎道だとかに現れる奴らはいるが。ただそれも結局、人目が少ないとか、薄暗いとか、条件があるのだ。

（ぬらりひょんは、やはりなにか他の妖と違う）

今は真っ昼間。お天道様も明るいし、この人ごみ。そこに平然と出てくるぬらりひょんは、破格の妖なのかもしれない。

「……おいら、天徳寺の」

蚊の鳴くような返事に、ぬらりひょんは目を細める。

「そうかい、そうかい。天徳寺か。なら、わたしが送っていってあげるよ」

ぬらりひょんは両手を伸ばし、のっぺらぼうの体を、頭から腰から、やわやわと撫でてはじめる。のっぺらぼうはみるみる縮む。奏一郎は目を見張った。

しまいには、のっぺらぼうは掌ほどの大きさになり、ぬらりひょんは両手ですくい上げて袂に入れる。

(この妖、とんでもない者なのか?)

愕然《がくぜん》としていると、ぬらりひょんは、にやっとして奏一郎を見やった。

「わたしは、この子を送って天徳寺へ行きますよ。奏一郎さん、一人でちゃんと若殿を連れ帰れますかい?」

「自信はありませんが、務めなので。なんとかします」

「せいぜい気をつけなせぇよ。下手するとわたしみたいに、若殿に捕まっちまうからね」

それだけ言うと奏一郎の側を離れ、流れる人ごみの中へと入っていく。

すぐに、ぬらりひょんの姿は見えなくなる。

(あの別格の感がある妖を捕まえたとは、若殿はどのようなお力をお持ちなのだ)

出会ったときは化けそこねた可愛らしい仔猫のようで、今もただ見目麗しい少年に見えるが。虎千代の妖としての力を、奏一郎は知らない。それがすこし恐ろしい気はする。

北へ大回りして武家地を抜けると、東海道。

道幅は大きく、人通りも倍増し、潮の香りも濃くなった。

人波をぬうようにして表門から増上寺の敷地に入ると、正面に増上寺山門と森を背負う本堂の大屋根が見えた。大勢が出入りしていたが、山門脇の松の下に目立つ少年がいる。身につけた質素な木綿に不釣り合いな品の良い白い顔はいやでも人目を引き、通りかかる娘たちが、ちらちらとそちらを見やるので余計に目立つ。

ぼんやりと人波を眺めているのは、小鹿藩の若殿虎千代。

(いらした)

姿を見るとほっとした。同時に、つくねんと一人いるのが、人が多く賑《にぎ》やかなだけに寂しげに見えた。

虎千代は目の前を行き過ぎる人々を目で追って、近づく奏一郎に気づかない。彼の視線が追っているのは、小さな男の子を肩車した職人風の若い父親だ。

「若殿」

声をかけると、びくりとして虎千代はふり向いて目を見開く。

「奏一郎？」

「灌仏会は面白うございましたか？　お屋敷に戻りましょう。こんなところに立っていらっしゃるところをみると、花御堂も見物され、甘茶のふるまいにも並ばれたのでしょう。やりたいことは一通り終わらせられたとお見受けしました」

「遊びに来たのではない」

　顔つきをきつくするが、灌仏会を覗きに来たのに違いない。

「そして暇でもない。忙しい」

「やることもないでしょうに。妖は昼には動きません。ご存じだから夜回りなさるのでしょう」

「ぬらりひょんは、動くぞ」

「あのお方は、なにやら別格な感があります」

「また別の、別格がいるやもしれぬ」

目をそらし、背を向けて歩き出そうとするので、奏一郎は虎千代の正面に回って通せんぼした。虎千代はそれをかわそうと左右に動くが、奏一郎も負けじと手を広げる。

「お帰りください。殿に、ご挨拶にあがりましょう」

「挨拶はできぬ。お休みになっておられる」

奏一郎は強い口調で告げた。

「お目覚めです」

虎千代の足が止まった。

「まことか？」

虎千代の表情が明るくなった。それが思いのほか眩《まぶ》しく、奏一郎は驚いた。

(このような顔もなさるのか、若殿は)

幼いとも思える、あけすけな嬉しげな表情だった。つられるように、奏一郎も思わず口元に笑みが浮かぶ。

「ご気分が良いと仰せだそうです。わたしも、ご挨拶にあがれるほどに」

笑顔に応じるよう笑みを深くしかけた虎千代だったが、はっと表情を引き締めた。

「……。父上がお目覚めならば、仕方がない」

目を伏せ、言い訳するように呟く。

言外に、奏一郎に従うのではないと含ませ、じろりと睨んでくる。本人は精一杯の怖い顔のつもりだろうが、拗ねた子どもの、照れ隠しの表情にしか見えなかった。

ぬらりひょんを従え、妖を斬り、奏一郎をあしらう、年のわりには気丈夫な半妖怪の若殿が、父に会えるのを内心嬉しがっているのが意外だった。

奏一郎に「利用されるだけで良い」と言い捨てるような横暴さもあるが、幼さもまだひきずっている。

父を慕うあどけないような心情には温かいものを覚えるが、同時にいたわしいとも感じる。奏一郎は父が亡くなる十四の時まで、一緒に湯へ行き、素読を習い、向かい合って飯を食べていた。

虎千代の父は藩主なので、そのような触れあいも叶《かな》わない。毎朝の挨拶が、せいぜいなのだ。

(探しにきて良かった。若殿が、殿へのご挨拶の機会を逸せずにすむ)

ほっと微笑み、促す。

「戻りましょう」

虎千代はつんとそっぽを向き、表門へと歩き出す。奏一郎はそれに並び、意固地にこちらに視線をくれない横顔を見つつ上屋敷に戻った。

居間に戻った虎千代は、外出用の粗末な身なりから普段の身なりに、自分一人でさっさと着替えてしまう。慣れたもので、あっという間に若殿らしい絹に身を包む。そうしていると、雛女が廊下から入ってきて、虎千代の足もとを八の字にぐるぐる回る。

「おかえりなさい、若殿。わたし怒ってるのよ。わたしに黙って増上寺に行かれたんでしょう？　ずるいわ。今度はわたしも連れて行って」

「わかった。来年な」

「来年？　つまらない。今がいいわ。奏一郎は連れて行ったんでしょう？」

「これから父上にご挨拶にあがるのだ。外へは出られぬ。そこに、わたしの目付がいるからな」

ちろりと軽く睨まれるが、浮かれたような、冗談めかした軽い調子だ。

「しかも奏一郎は勝手に来たのだ。連れて行ったのではない」

「それでも、奏一郎ずるい」

「ずるいそうだぞ」

軽口に、奏一郎は苦笑で返す。

「それは、もうしわけない。雉女」

虎千代は雉女を抱きあげて、「ご機嫌をなおせ」と頭を撫でて柔らかな笑みを浮かべて庭に面した廊下へ向かう。

随分、雰囲気がやわらかい。

虎千代のわかりやすさに、奏一郎は目尻が下がる。

こうしていると、虎千代も可愛いものだ。

十四歳の時の自分をふり返れば、今の虎千代と同じようだったのだろうと思う。父が大好きで、一緒に湯に行くとなると嬉しくて、にこにこしていた。妖に脅かされても、父と過ごす時を少しでも長くしたくて、回り道をして帰った。

すると自然に、父が亡くなったときのことが思い出された。

父の顔に白い布が被《かぶ》せられたのを見て、胸の中が空っぽになった。吸う息、吐く息がいやに浅くて苦しくて、息をすることそのものすら止めてしまいたいほどに苦しくなった。しかし亡くなる直前、病床の父は「おまえが、母上や辰を支えるのだ」と、奏一郎に言って聞かせていたので、声を出してわんわんと泣くこともできず。泣いている母と辰の肩や背をさすり、浅く息をしながら、にじむ涙をこらえていた。

身分も立場もわきまえず危険な真似をする虎千代を容認できないが、父を思う姿はかつての自分を見るようで、気持ちはよくわかる。

奏一郎も、父の命が危うく、そしてそれを阻止する術《すべ》があると知れば、幼い無鉄砲さでなんでもしただろう。

「若殿」

廊下の向こうから、殿付きの中奥小姓がやってきた。廊下にいる虎千代に一礼して、近づいてくると頭をさげる。

「参ろうか？　支度は整っている」

「いえ、それがし。殿のご気分が急に悪くなられて、お休みになられました。本日のご挨拶は無用とのことです」

雉女の背を撫でていた虎千代の手が止まった。

「お悪いのか？」

「いえ。ただお疲れのご様子で、大事をとられるとのことです」

「明日は、ご挨拶に伺えそうか？」

中奥小姓は、少し困った顔をする。

「それは明日になってからでなければ、お答えしかねます」

唇を、虎千代が小さくきゅっと噛《か》む。

「……わかった。ご苦労だった」

去って行く中奥小姓を見送る背に、落胆が見えた。抱かれている雉女が気遣わしげに、虎千代の顔を見あげている。

しばらくその場から動かない虎千代の傍らに行き、奏一郎は促す。

「くつろがれては如何《いかが》ですか。お茶をお持ちしましょう」

虎千代は無言できびすを返し、中へ入ると、雉女を畳に下ろす。なにを思ったか、いきなり袴の紐に手をかけた。袴を脱ぎ、帯を解き、乱れ箱に入れてあった木綿の粗末な着物に手を出す。

「若殿!?　出て行かれるおつもりですか」

駆け寄っても、虎千代は意に介さず着替えを続ける。

「父上にご挨拶はできぬ。ならば、暇だ。雉女を増上寺に連れて行ってやる」

駄々っ子のような口調だ。

(それほどお目にかかりたかったのか)

奏一郎は胸が痛くなる。会えると思っていた父に会えなかった。落胆と寂しさが、虎千代の中で苛立ちにすり替わっている。

「なりません。遊びのために、ふらふらと出て行くなど」

止めなければならないと、強く感じた。落胆を苛立ちにすり替える癖などついては、藩主となったときに家臣たちに見放されかねない。

「ならば、父上のために夜回りに出るのは良いのか」

「それもなりません」

雉女が、困った顔で言う。

「若殿。わたし来年でも良いわ」

「いや、今年連れて行く。今から」

頑《かたく》なに言うと、虎千代は乱れ箱に手を伸ばす。中にある帯を、虎千代の手が摑む直前に取りあげ、奏一郎は語気を強める。

「なりません」

「それを、よこせ」

「渡せません！　わたしは若殿のふるまいをお止めするようにと、申しつけられております。気を落ち着けてください。わたしが、殿のお命を危うくするものを必ず見つけ出しますので」

はっと、虎千代は小馬鹿にするような声で笑った。

「何度も同じことを言わせるな。そなたのようなただの人には無理だ。われらも心当たりがありながら、尻尾を摑めぬのだからな」

「昨夜も申しました。そのお心当たりをお教えくだされば、あるいは」

「あるいは!?　あるいは、なんだと？　七年もの間、母上でさえ摑めぬ尻尾を、そなたが見つけられるものか。そして見つけたとて、七年も母上に尻尾を摑ませぬ妖を、どうやって退治する」

帯をひったくろうとするので、奏一郎は飛び退く。

「わたしのお役目なのです。若殿にお仕えし、お守りすることが」

かっとしたように、虎千代は目尻を吊り上げた。

「嘘つきめ！」

「わたしは嘘など」

「いや、嘘をついた！　わかっているのだ。そなたが守っているのは、わたしではなく、そなた自身とそなたの家であろう！」

真っ直ぐ胸を叩かれたような気がした。

「いえ、わたしは主君と藩のために……」

「偽らなくても良い。人情として当然だ。認めれば良いのだ。責めはせぬ。そなたは、自身と家族のために働く。それで良い。ならばわたしは、わたしの父のために働く！　わたしがそなたの思いを認めるのだから、そなたもわたしの思いを認めろということだ」

見透かされ、投げつけられた言葉に、奏一郎はつかのま言葉をなくした。虎千代の言葉は全てが正しい。自分は虎千代の必死さを御せるほど、主君にも藩にも、虎千代にも、身命を賭して仕えるほどの覚悟がない。

虎千代のことが常に気になるし、なんとかしなければと思ってはいても――禄をもらうからこそ、勤めの上で気になるだけなのだ。

家族のように、純粋に虎千代のために心を砕いたりはしていない。

手を伸ばされ帯を摑まれた。

（いかん！）

覚悟がないと知りつつも、奏一郎は勤めを放棄できない。させまいと抵抗する。帯を引き合い、もみ合い、着付け途中の小袖の裾に引っ掛かり、互いに足がもつれて畳に転がった。

「よこせ！」

「渡せませぬ」

「引っ掻《か》くぞ！」

「お好きに！」

代々梓木家は番方《ばんかた》ではないので、剣術も馬術もそこそこ。奏一郎は剣術道場でも好んで壁際に座っている方だったが、十四歳の少年と比べれば体格的に有利だ。それを頼んで、必死に押さえ込もうとするが、するりと抜けられ、馬乗りになられ、握った帯をもぎ取られかける。

「虎千代！」

鋭い声に、はっと二人の動きが止まった。

2

虎千代は馬乗りで背後をふり返り、奏一郎は寝転がったまま虎千代の肩越しに声の主を見た。

女中を従えた縞が、目を怒《いか》らせ、二人を睨みおろしている。綺麗なかたちの大きな目と、白い顔、片外しの髷。裾に松模様の濃紫の打掛。白檀《びゃくだん》の香りが裾から流れた。

びゅっと雉女が次間へ飛んで逃げるが、縞はそれをちらっと見ただけで、二人に視線を戻す。

「まず、奏一郎の上から降りてやりなさい。虎千代」

命じられ、虎千代は渋々の様子で畳に降りて端座する。奏一郎もすぐさま跳ね起き、手をつく。虎千代は帯もつけておらず小袖の前が乱れきっているし、奏一郎の髷は歪んで毛羽立ち、頭の右側に寄っていた。

「なぜこちらにお見えですか、母上。御用があればお呼びください」

みっともない格好ながらも、挑戦的に問う。

「こんな騒動が、耳の良いわたくしに聞こえないと思いますか。ぬらりひょんとの騒動以来です、こんな騒がしさは。奏一郎」

呼ばれて、奏一郎は顔をあげた。

「褒めてつかわしましょう。虎千代を止めようと努めてくれているのですね」

忌々しげに虎千代が顔をしかめたのを、奏一郎は横目で見た。

「ありがとうございます」

頭をさげつつも、ちりっと胸に引っかかるものがあり、語尾が力なく細る。

(わたしは……褒められることをしているのだろうか……？)

先ほどの虎千代の声が耳に蘇り、疑問が膨らんでいく。

「どうしました？　なにか言いたそうですが」

奏一郎の表情になにか感じたのか、縞が問う。

あがった息を整えながら、奏一郎は思わず訊いてしまった。

「縞様。縞様の御意向は重々承知の上で、あえて申しあげます。わたしが若殿を御するのは、お家のためになるのでしょうか」

訝しげに縞の目が眇《すが》められる。化け猫の本性をちらりと見ているので、その目つきが恐ろしくはあったが、奏一郎は続けた。

「殿のお命が狙われ続けており、縞様と庄司様がそれを七年も防いでこられたと、若殿から伺いました。しかし今、殿は……。若殿が自ら乗り出す危険は承知しておりますが、それでも若殿のお力がなければ殿のお命をお守りできないのであれば、わたしが、若殿をこうしてお止めするのは、お家のためになるのでしょうか」

驚いたように、虎千代が奏一郎を見やる。

縞は不快げに眉根を寄せた。

「世嗣に危ない真似は、させられません。この子に何かがあれば、里川家はおしまいなのです。わたくしは、この子を産むために嫁いできました。そしてこの子を産むこと、そして守ることが、わたくしの大殿へのご恩返しなのです」

(ご恩返し?)

妙なことを言うと思った。四国の大名の姫であった縞と、先代藩主である大殿に、恩だ義理だというものが、普通ならばあろうはずもないのだが。

しかし疑問を口にする隙もなく、縞は続ける。

「そなたは今のまま勤めなさい。良いですね。そして虎千代。殿のことはわたくしと庄司に任せなさいと言っているでしょう」

「しかし、母上」

「任せるのです。良いですね。勝手な真似を続ければ、奏一郎が務めをはたせなくなります。務めをはたせない奏一郎は、どのような立場になるかわかるでしょう」

わずかに怯んだような表情になったが、それは一瞬のことで、虎千代の目は母に挑む鋭さになる。

「脅すのですか。そのように、あからさまに。奏一郎をたてにとって」

「あなたが、頑是ないゆえです」

縞はきびすを返した。

奏一郎と虎千代は、端座したまましばらく身動きできなかった。奏一郎もそうだが、虎千代も、この状況から次にどう振る舞えば良いのかわからないらしい。

「ああ、縞様って、やっぱり怖いわぁ」

するりと、次間の襖の陰から雉女が顔を出す。とことことやって来ると、虎千代の膝に片手を乗せた。

「しばらくは、おとなしくしてないと駄目みたいね。若殿」

無言でうなずくと、虎千代は立ちあがって、木綿の小袖を脱ぐ。畳に脱ぎ散らかしてあった絹の小袖に手を伸ばし、袖を通し始めた。

はっとして奏一郎は、木綿の小袖や袴をかき集める。

「奏一郎」

呼ばれたのでふり返ると、虎千代はこちらに背を見せ、着替えの手を止めずに問う。

「なぜあのようなことを母上に訊いた」

小袖をたたみながら、奏一郎は応じた。

「あのようなこと、とは？　なんでしょう」

「そなたの勤めが家のためになるのかと、訊いただろう。そなた、母上がご不快になるのがわからぬほど阿呆でもなかろう。母上や庄司にたてつくような申し分だ」

「それは……。さきほど、若殿がわたしに向かっておっしゃったことが正しいように思えましたので、つい訊きました。それに申し訳ありません」

小袖を脇に置き、奏一郎は手をつく。

「若殿が仰せの通り、わたしは家族が大事です。梓木家が大事です。だからこそお仕えしているというのが、本当のところです」

「それは当然だといったはず。謝ることではない」

主を慕い、主をなにより大切なものとして、身命をなげうち仕える。それが侍だ。しかしそれが建前であることは、おおよそ皆わかっている。だが公に言うのは恥ずべきこと。狭量な若殿であれば怒り狂いそうな奏一郎の言葉を、虎千代は当然と受けとめている。さきほどは、自らの口で「わかっている」とまで言っていた。

虎千代は、度量が大きいという感じはないが、ものごとが正しく見えているのかもしれない。

「申し訳ないのは、そのような半端な覚悟の者に、若殿やお歴々が教えられぬこともあると、わかっていなかったことです。教えていただけないことがあるのを、不満に思っておりました。それを申し訳なく存じます」

「利用されるだけで良い」という虎千代の言葉に、奏一郎は虚しさを覚えてしまったが、それは図々《ずうずう》しいことなのだ。自分と家を守ることしか考えておらず、そのためだけにあれこれ教えろと言われても、信用できるはずはない。

「わたしは別に、そなたに覚悟を求めているから、父上のお命を狙う妖の心当たりについて教えなかったのではない。教えないのは……」

虎千代は戸惑ったように言葉を切ると、口をつぐんでしまう。

傍らに置いた着物を手に取ると、奏一郎は気をとりなおすように明るい口調で言った。

「なんであれ、わたしは務めをはたさねばならないのです。ですから、若殿。お屋敷からは出ないでくださいい」

着替え終わった虎千代は無言のまま廊下に出て、膝に雉女を抱いて庭を眺めはじめた。

庭に居着いた鶯が、鳴いていた。この時期まだ鳴いている鶯は、つがいになりそこねた一羽だろう。

奏一郎に随分酷なことをしているのだと、虎千代は痛感した。真摯《しんし》な言葉が、虎千代になにかを突きつけているようだった。

(わたしは、どうすれば良いのだ)

生真面目で優しい奏一郎を、このままの状態にしておけない。とはいえ父の命も守らねばならない。

自分はいかに振る舞い、奏一郎に対するべきなのか。

§

その夜。

流石に縞に釘をさされたのが効いたのか、小納戸役が床を敷いて就寝の準備が整うと、虎千代もすぐに寝間着に着替えた。早々に寝るというので、奏一郎は就寝の挨拶をして襖を閉めて次間にさがった。

次間に用意されている床に潜り込むのは不安だった。座ったまま寝間の物音に耳を澄ましていると、ついうとうとしかけた。すると隣室から物音がして、はっと目が覚め、声をかけた。

「若殿？　おられますか」

「いる」

と返事があった。

「申し訳ありません。お邪魔いたしました」

暗闇に座り直そうとしたが、引っ掛かりを覚えた。

虎千代は返事をしたが、しゃんとしすぎてはいまいか。寝ていたのであれば、もうすこし寝ぼけた声でも良かろうに。胸騒ぎがする。

膝でいざって襖の隙間に目をあて、向こうを覗く。

丸行灯の薄暗い灯りがぎりぎり届く床の上に、ちょんと雉女が座っていた。隙間から覗く奏一郎に気づいたらしく、視線が合うと、

「覗きとは無礼者」

と、虎千代の声で言った。奏一郎は慌てて立ちあがり襖を開いた。

「雉女、若殿はどこだ！」

にいっと口の端を吊り上げて雉女は笑う。

「夜回りに出て行ったわ。百も承知でしょう？　いつもそうするって」

甘かったとほぞを噛む。

すぐに奏一郎は御殿を出て裏門へ向かう。

月が明るい夜で、侍長屋の軒の影が、くっきりと地面に落ちるほどだった。提灯なしでも歩ける。

裏門の潜り戸から外へ出ようとした。

「奏一郎さん」

潜り戸に手をかけて、身をかがめたところで後ろから呼ばれ、奏一郎は焦ってふり返った。そこにいたのは門番の坂口だった。

「なにをしているんですか、奏一郎さん。まさか外へ」

「いえ、これには事情が」

坂口が厳しい顔になる。

「以前から、閉門後に裏から出て行く者があるようだと、中間が噂しておりました。それがまさか、奏一郎さんだったなんて。お父上には随分お世話になりましたが、このようなことは見過ごせません。わたしは表門の受け持ちですが、門番としての務めがあります」

「坂口さん、これはお許しを頂いてのことなのです」

慌てて奏一郎は懐を探り、主膳の裏書きがある、出入勝手の札を取り出す。差し出されたそれを、坂口は目を眇めて月明かりで疑わしそうに見る。

「目付からこのような札が出ることはありません」

「目付が出されたものでは、ないのです。裏を見てください。これです。庄司様からお許しを頂いております」

裏返して庄司主膳の裏書きを見せた。坂口は驚いたように、奏一郎の顔を見る。

「庄司様から直々《じきじき》に？　奏一郎さんは、いったいなにをしているのですか。妙な時期に、江戸屋敷に入られたことといい……」

「公には言えないことなのです。周りの者には言わないでおいてくれませんか」

坂口は困ったように押し黙る。奏一郎はじりじりした。

「奏一郎さん。なにか大変なことに巻き込まれてやしませんか」

問われて、苦笑するしかない。

「まあ、そこそこ。大変なことをしております」

「もし手助けが必要ならば、わたしに声をかけてください。手伝えることがあれば、手伝います。七年前、あなたの父上には、わたしも大変助けてもらいましたので」

真摯な言葉に、奏一郎はじんとした。

「ありがとうございます」

頭をさげ、潜り戸を出た。

外へ出ると、左右に侍長屋の塀が続く。右と左どちらへ向かおうかと一旦足をとめたが、とりあえず右手に向かって歩き出す。

奏一郎が歩き回っていれば、いつもと同じく今夜も、どこからか妖が現れるだろう。彼らがいつやって来るのか、どんなものが現れるのかは予測ができないので、気が張る。だが妖が現れればすぐに、ぬらりひょんと虎千代が駆けつけるはず。

（だから早く、来い。来い）

胸の中で妖を呼びながら、歩き続ける。

妖が早く出れば、虎千代も早く屋敷に戻る。

左右に築地塀が続く真っ直ぐな道に出た。辻番所はなく、月光に照らされた築地塀の影が道にくっきりと真っ直ぐに落ちている。しばらく影の縁を踏むように歩いていると、正面、道の中央に人影があった。

妖かと一瞬足を止めたが、道の真ん中にうずくまっているのは女だった。身なりから、どこぞの家中の女中と見えた。女はこちらの気配に顔をあげた。線の細い、美しい女だった。

「どこの御家中ですか？　木戸ももうすぐ閉まります。どうされたのですか」

近づいて声をかけると、女は足首に手をやり、縋るような表情でこちらを見あげた。

「主の使いで外へ出ましたが、足を挫いてしまって……」

「お屋敷はどちらでしょうか？　人を呼んで参ります」

「いいえ。お屋敷はもうすぐなんです。少し、手を貸していただければ」

女が微笑む。

（……おかしい）

奏一郎は眉をひそめた。木戸も閉まろうかというこの刻、足を挫いて動けない女が、見ず知らずの男にこんな笑顔を向けられるだろうか。しかも人通りのない武家地で、近くに辻番所もない。もっと不安で怯えた顔をしているものではないだろうか。

一歩足を引くと、突然、女が立ちあがった。

「あら？　手を貸してくださらないのですか？」

頭のどこかで本能が、逃げろと叫んだ。すぐさま身を翻そうとしたが、肩をがっちりと摑まれ、女が背中にぴたりと寄り添う。

「あら、あら。逃げないで」

耳に女の息が触れた。

「わたし、あなたに会いに来たのよ」

女の唇が耳たぶに触れる。

ぞっとし、逃げようともがいたが、女の両腕が奏一郎の胴をしっかり抱え込む。

「何者だ」

問う声がわずかに震える。

「ああ、間違いない。同じ匂いがするわねぇ。これじゃあ、勘違いをしてしまうのは当然だわ。勘違いして引き寄せられちゃう」

奏一郎の問いに答える気はないらしく、女は笑いを含む声で独り言のように言う。

「あなた邪魔だわねぇ」

顔の横にある女の鼻先と口元が、にゅうと突き出してくる。唇がなく、めくれあがった切れ目のような口の中に、大きく長い前歯が上下二本、ぬらりと光った。

生臭い息。

鋭い前歯が奏一郎の首に触れる直前。

小さな影が二つ、築地塀の上から女に向けて飛びかかった。女がはっとし、片方の腕を振るって二つの影を打ち払った。

ぎゃっと、あがった悲鳴。

（猫!?）

視線のみで打ち払われた影二つを見やると、影は宙で体をひねり地面に降り立つ。全身の毛を逆立て、尻尾を膨らませ、背をしならせて低い唸りで威嚇《いかく》するのは二匹の猫。白と三毛。見覚えのある猫だ。小鹿藩上屋敷の侍長屋の屋根の上にいるのを見た覚えがある。

二匹が、また女に飛びかかった。女は腕を振り、軽々と猫たちをはね飛ばす。弾かれた猫たちは宙で身をひねって、地面に降り、間髪いれずまた飛びかかる。

猫の加勢をしようと、奏一郎は力一杯もがく。

飛びかかりながらも猫たちは、合間合間に、にゃーんと長く鳴く。すると築地塀の上から、道の左右から、幾匹か猫たちが姿を見せる。女を遠巻きに、猫たちはふぅふぅと威嚇の声をあげた。

そのとき声がした。

「奏一郎さん！」

築地塀の上を、まるで道を走るように身軽く素早く、こちらに向かってくるぬらりひょんの姿があった。着流しの裾を片手でたくしあげ、低い姿勢で駆けてくる。

どんと、ぬらりひょんが女の前に飛び降りた。

「その人を放してもらおうかい」

猫たちはぬらりひょんが現れると、一旦動きを止め、女を取り囲み威嚇する。

「江戸の妖の総大将が、どうして余計な手出しをするんだい？」

女が低い声で言う。奏一郎はもがきながらも、驚いていた。

（総大将？）

ぬらりひょんは、目を眇めた。

「総大将なんて、たいしたものじゃあねぇ。ただ顔が広いってだけの、爺さんね。ただの世話焼き爺さね。だからこそよ、弱い連中がいいように唆《そそのか》され、使われているとなっちゃ、放っておけねぇから手出しをするぜ。おまえさんとは、お初だね。わたしの知らないおまえさんは、何者だい」

「おまえが知らぬものがいても、良いだろう？」

「良かねぇなぁ。江戸は、わたしの縄張りだ。おとなしくしてるぶんには構わねぇが、好き勝手されちゃかなわねぇ。仲間を唆して、手先に使うような奴がいるならなぁ、ちょっと放っておけねぇよ」

女が、きききききっと笑う。ぬめる口調で、女は言う。

「じゃあ、わたしに協力をおしよ。わたしの願いが叶えば、おとなしくしてやろうじゃないか。わたしと手を組めば……」

と、女は言いかけたが、語尾が悲鳴に変わった。女は背後から抱きすくめていた奏一郎を突き飛ばし、ひと跳ねし、築地塀を背後にして腰をかがめて背を丸めた。

突き飛ばされた勢いで、前のめりに倒れた奏一郎だったが、すぐに体を返して立ちあがった。

女と自分の間に、虎千代の後ろ姿があった。

「若殿!?」

震える声で呼んだが、彼はこちらを一顧だにせず、緊張した背中を見せたまま刀を正眼に構え女と対峙している。

女はこちらを睨めつけながら、右肩を庇っている。見れば血が滲んでいる。足もとのかとあたりに、ぽつりと血の滴が落ちた。

奏一郎を羽交い締めにしていた女の背後、築地塀の上から、虎千代が斬りかかったのだろう。先にぬらりひょんが現れて、ああだこうだと話をしていたのは、女の注意を前方に引きつけるためだったに違いない。

己の瞳が爛々《らんらん》と光っていると意識できるほどに、虎千代は興奮していた。

（こやつだ……こやつが首魁だ！　間違いない）

興奮を意識的に抑え込み、淡々と問う。

「おまえは何者だ」

大物相手に気持ちがうわずっては逃げられる。あるいは怪我をする、命を落とす。

「奏一郎と同じ匂いがする」

女は、鋭い二本の前歯を剝き出す。

「憎らしい、猫め！」

叫ぶと、女は背後の築地塀に飛びあがり、さらにもうひと跳ねし、塀の内側のお屋敷の屋根に立った。肩を押さえつつ、月を背にして女は叫ぶ。

「我らは里川を根絶やしにするまで呪い続けるぞ」

背後へ向けて女が宙返りし、影が月と重なるが、それが突如かき消える。

「ぬらりひょん！」

§

虎千代が命じる強さで名を呼ぶと、ぬらりひょんが「承知」と鋭く応じ、築地塀へと飛びあがり、女が消えた屋根へと跳んでいく。白と三毛を筆頭に、猫たちもヒョンヒョン跳ねて追う。

女に斬りかかる前に捨てた刀の鞘は、築地塀の近くに落ちていた。それを拾いあげ、手にある刀を納めた。

呆然と女を見送っている奏一郎に、虎千代は近づく。

「でかした、奏一郎」

「……は？　わたしが、なにを」

震えが残る声で奏一郎は応じ、何度か瞬きした。その顔をしばし見つめていると、虎千代は観念するかのような覚悟ができてきた。

(首魁が現れたのは、間違いなく奏一郎に惹かれたゆえだ。この者が……わたしには必要なのかもしれぬ。この者を巻き込まねばならない)

一呼吸置き、虎千代は告げた。

「あれは、今まで出てきた妖とはちがう。あれがおそらく首魁だ」

「首魁……？」

「七年前から父上を狙う妖だ。あやつに操られ、様々な妖どもが父上を襲ってきているのだ」

「首魁ですって⁉　なぜ、そう確信しておいでなのですか」

もしあれが小鹿藩藩主を狙う妖だとすれば、ことは一気に片がつく。奏一郎はそう考えたのか、耳たぶに残る吐息の気味悪さと恐怖はまだ体の芯に残っている様子ながら、それでも喜びに興奮した様子で、勢いこんで問う。

「あの女の匂い。奏一郎と同じ匂いだ。屋敷に張られた母上の結界からそなたが出れば、そなたの匂いに妖どもは気づく。自分たちの首魁と同じ匂いが漂ってきたものだから、妖どもは奏一郎に誘われたのだ。近頃手下の妖どもが、いとも簡単に退治されることに腹を立てて、あの女、出張ってきたのだろう」

言葉を切り、虎千代は緑の目を光らせた。

「あれは姿からして鼠だ。しかも里川の呪いを口にしたとなれば、間違いない。奏一郎のおかげで首魁が尻尾を出した」

3

虎千代は、ぬらりひょんと猫たちが女を追った方向に目をやり、軽く首を振る。

「しかし、ぬらりひょんも、あの女には追いつけまいな」

「なぜですか。ぬらりひょんのような、別格の感のある妖が追いつけない、なんてことは……。あ、しかも、先ほどあの女、ぬらりひょんのことを総大将などと」

「総大将？」

虎千代は不審そうな顔になったが、ふんと鼻を鳴らす。

「大げさな呼び名だ。おおかた、別格の意味ではあろうがな。しかしその別格のぬらりひょんでも、相手が旧鼠の眷属《けんぞく》ならば、容易に追いつけまい。相手も別格だ」

すげなく言う。

「旧鼠？」

それは先代藩主、大殿の里川成隆が退治したという妖の名だ。

「なぜ……旧鼠」

虎千代は、なにをどう言おうか迷うそぶりだったが、暫くして奏一郎を促す。

「まず屋敷に戻るぞ。歩きながら話す」

歩き出すので、奏一郎も慌てて従う。

月は明るい。先ほどの騒ぎが嘘のように、しんとあたりは静まっている。月明かりが背後から射し、二人の影が足もとに落ちる。

「父上のお命を狙うものの心当たり、そなたは知りたがっておったな」

「覚悟のないわたしが聞ける立場にないと、今は思っておりますが」

「そうだったな。わたしも、それで良いと言った。しかし……」

ぴたりと虎千代は足を止めた。

「しかし……どうやら、そなたが必要らしい」

「は？」

「そなたに惹かれ、首魁が現れた。七年、動かなかったものが動いたのだ。となると、奏一郎抜きでは先にすすめぬと思うのだ。そなたが必要なのだ、間違いなく」

虎千代は続ける。

「なぜかはわからぬが、奏一郎は動かなかった水面に波紋を広げる石のような存在なのだろう。波紋を広げ、物事を動かす石は必要だ。それがあれば膠着《こうちやく》し続けている里川家の呪いが、ほどけていくきっかけを摑めるかもしれぬ」

呪いという言葉に、奏一郎は眉をひそめた。

(縞様も口になさっていた。呪いの末に若殿がお生まれになった、と)

どういう意味だろうか。

ふり返ると、虎千代は奏一郎を見つめた。

「そなたに覚悟を求めたい」

真剣な目にたじろぐ。綺麗な猫目は奏一郎の尻込みなどおかまいなしに、真っ直ぐだ。

「梓木家のために、家族のために、そなたが里川に仕えているのは当然だ。それで良い。ただ……里川家には……わたしには、そなたの力が必要だ。だから求めたい。そなたを」

真摯な言葉にどきりとする。

「自分のため、家族のために、仕えるのでかまわぬ。しかし、覚悟を持って仕えてもらいたいと願う。平穏無事に過ごし、年を拾うだけにはならぬ覚悟だ。里川家中の呪いに深く関わり、身の危険も大きくなろう。それをそなたが承知するなら、里川のために力を貸してくれまいか」

呪いなるものが何なのかを聞くということは、自分や家族のために建前として虎千代に仕えるのではなく、命を捧《ささ》げるほどの覚悟を持たねばならないということだ。虎千代はまずそれを、奏一郎に問うている。

(忠義もなにもかも、うわっつらの建前の今の世に、それを正面から問うてくれるのか。この若殿は)

里川家のために身命を賭すとまでは、言えない。

だが、この、奏一郎の意思を正面から問う若殿にならば、身命を賭して仕えても良いのではないかと思えた。

「わたしにも一分《いちぶん》というものがあります。訳も知らされず、犬のように命じられたことのみなすというのは、やりきれませんでした。ですが」

はっきりと応じた。

「若殿が、そのように問うてくださっているのに応じなければ、武士の恥です」

「幼いわたしを救ってくれたそなたを、深入りさせてしまう。すまぬ」

嬉しさと感謝と罪悪感を滲ませ、虎千代が微かに笑う。

「七年前、助けてくれたそなたの背中が、心地よくて、安心して。わたしは本当に、そなたの背中をありがたいと思ったのにな」

七年前、奏一郎の背中に身を預けてきた化け仔猫の、心地よい重みが蘇る。洟をすするのも、ぬくぬくとしている体の温度も、可愛らしかった。背中に背負った化け仔猫がほっとして、奏一郎を頼りきっていることを感じて嬉しかった。

虎千代の方は、奏一郎が背中を貸してくれたのが嬉しかったのだろう。

虎千代が最初から、奏一郎を遠ざけようとしていたのは、奏一郎を思ってのことなのだ。縞や主膳に生きた捕り縄として奏一郎を押しつけられても、どうにかして遠ざけ、関わらせまいと考えて。

七年前の恩義があるから。

「わたしの頼りない背中であれば、いくらでもお貸しします」

「もう、いらぬわ」

苦笑し、再び虎千代は前を向いて歩き始めた。

自分たちの草履裏が、じゃりじゃりと砂を蹴る音が大きく聞こえる。暫くして、虎千代が口を開く。

「教えよう。里川の呪いのこと」

奏一郎の隣を並んで歩きながら、虎千代は自分の爪先に目を落とし、一呼吸置き、続ける。

「我ら、父上母上はもちろん、家老衆も、父上のお命が狙われ続けているのは、旧鼠が関わっておろうと思っていた。わたしが言っていた心当たりとは、旧鼠だ。そして今日現れたあの女は、間違いなく鼠の妖。旧鼠の眷属だろう。我らの想像は間違っていなかったということだ」

「先ほども旧鼠と口になさっていらっしゃいましたが。それは大殿が退治した妖の？」

虎千代は頷く。

「大殿が旧鼠退治をなさったのは事実で、事の発端でもあるのだ。大殿が退治された旧鼠が、里川一門を呪ったのだ」

「それはいったい、どのような？　先に縞様が、若殿は呪いの末にお生まれだと口になさってはおられましたが」

「そうだな」

強気な少年に似合わぬ、寂しげな細い声が暗闇に落ちる。

「わたしは、呪いの末に生まれた」

四つの鐘が鳴った。木戸が閉まる刻だ。今更慌ててもどうにもならないと、奏一郎はゆっくりと歩む虎千代に歩調を合わせた。

「大殿の旧鼠退治のあらましを、知っているか？」

詳しく知らないと答えると、虎千代は語り始めた。

小鹿藩城下より北に数里。領内でもっとも高い山、坂山《さかやま》を中心に音野三山《ねのさんざん》と呼ばれる山の麓《ふもと》に、音野《ねの》という村がある。

「音野村は、梓木家の祖が出たという場所です。村には、梓木家先祖墓なるものがあると聞きます」

奏一郎が言うと、虎千代が訊く。

「行ったことはあるか？」

「いいえ。梓木の一族はもうそこには住んでいませんので」

「わたしも、行ったことはない。そもそも、国元へ行ったことはないから、すべて母上から聞いたことだが」

いずれ引き継ぐべき国を見たことがない自分を茶化すかのように言うと、虎千代は話しを続ける。

音野村には音野神社と呼ばれる社《やしろ》があるが、来歴は定かではなく、数百年以上前、戦国時代には既にそこにあったと伝えられていた。社に納められた札には「根之坂大神《ねのざかのおおかみ》」と記されているが、御祭神は、いかなる神かはわからない。

音野神社の奥院《おくのいん》は、社の背後から直線で結べる坂山山中にある。

奥院とはいえ社はない。ただ人が身をかがめて入れる程度の洞窟があり、入り口に小さな祠《ほこら》が祀《まつ》られている。不可解なことに、祠は洞窟の奥に向かって立っていた。

洞窟の内側にあるものに、相対するかのように――。

その洞窟を近在の者たちは、魑魅の栖と呼ぶ。

古来、化け物が出《い》で来る洞と伝えられ、周囲は近在の者が忌み地としている。不用意に踏み込めば、なにがあるかわからぬ地だと。

二十五年前。旧鼠は、魑魅の栖から現れた。

音野村内の子どもが次々に消え、見つからず。時に見つかっても、手の先のみだったり、足の先のみだったり。音野村の子どもが喰いつくされ、次には北から南に、徐々に子どもが消える範囲が広がった。

近隣の農民たちは恐れ怯え、化け物が子どもを喰っていると郡代官に訴えた。

郡代官もこれは放置できぬ事態と判断し、動き出す。

代官は当初、化け物が子どもを喰っているという農民たちの話を信じたわけではなかった。領内に人買いでも跋扈《ばっこ》しているのではないかと疑い、番所方の役人たちが方々に出向いて下手人の尻尾を摑まえようとした。

その結果、とんでもない正体がわかる。

子どもを喰っていたのは、人ほどの大きさの、鼠の化け物だったのだ。

郡奉行に知らせがあがり、郡奉行から、家老を経て当時の藩主、里川成隆の知るところとなった。雄邁公と呼ばれた成隆は、領内に現れた妖を許すまじと、自ら出向き、退治した。

そこまで語ると一旦話を区切り、虎千代はきらりと猫目を光らせ、奏一郎を見やった。

「そこまでは、良かったのだ。しかし大殿が旧鼠を退治した数日後に、大殿の夢枕に旧鼠が立った。そして『今後、うぬが一門の子が誰かの腹に宿れば、腹にいる間に我が喰う』

と告げたそうだ。その後、里川一門に子が生まれなくなった。とはいえ大殿にはわたしの父上という世嗣が既にあったので、さほど心配はしなかったらしい。一門に子が生まれないのも偶然だろうと。しかし問題は、その先だった」

ひゅっと風が吹き、袴の裾が揺れ、足首がすぅっと冷える。

「呪いは続いていたのだ」

眉根を寄せて虎千代は続ける。

虎千代の父、現藩主である里川芳隆は正室を迎える前に、一門の姫と、幾人かの女中に手をつけたが誰一人子を孕《はら》むことがなかったという。

正室もまだ迎えていない若殿のことで、家臣たちは誰も焦りはしなかった。

しかしある日、芳隆の夢枕にも旧鼠が立った。そして『我が呪いがある限り、うぬにも子はできぬ。無論、一門の誰にも子はできぬ』と、嘲笑して去ったのだ。

世嗣がなければ、一門から養子をとればよいのだが、養子となれる子すら、旧鼠退治以来生まれていない。このままでは無嗣断絶。小鹿藩は改易となる。

(確かに、里川のご一門に若い方がいない。若殿以外に)

なぜかと、不思議がる声が家中には多かった。藩臣たちは首を傾げているのだ。

「世嗣がなければ改易は免れない。養子を迎えようにも、父上より年若い一門の者はいない。他家から迎えれば、それは里川家の血が絶えるということだ」

どうしたものかと、旧鼠に呪われたきっかけを作った張本人の成隆と、その子の芳隆、家老衆は悩みあぐねていた。

そのとき四国のある藩から、藩主の末姫を芳隆の正室にどうかという話が舞い込んだ。芳隆の正室となる姫を探していることは、江戸留守居役によって様々なところへ知らされていたのだが、名乗りをあげたのは縁の薄い、小藩ではあるが譜代《ふだい》の藩だった。

よくよく話を聞けば、その四国の末姫は、「小鹿藩には恩がある」などと、妙なことを言い出したらしい。目鼻立ちの美しい姫だったが、変わったところがあり、今まで縁組みがまとまらなかったという。

呪いのことはさておき、まず正室を迎えようと話が決まり、四国から姫が輿入れした。

「それが母上だった。母上は大殿の御恩に報いるために輿入れしたのだ」

「他藩の姫が、大殿に御恩があると？」

「母上は二十五年前、小鹿藩領内にいたのだ」

「小鹿藩に？　まさか他藩の姫が？」

「いたのだ。その時はまだ当然、姫などではない。二十五年前、母上は音野村の南にある背田村で飼われて、猫のふりをしていたそうだ。ずっと昔に同じ村の者に可愛がられて長生きして、化け猫になったと聞いた」

立ち居振る舞いや顔つきから、生まれながらのような気品が感じられる縞が、もとは小鹿藩の山里に暮らす猫だったと聞いても、にわかには信じられない。

しかし虎千代が言うのだから、本当のことなのだろう。

妖というのはつくづく不思議なものだと、奏一郎は改めて感じた。

「質素だが良い暮らしだったと、母上は時に口になさる。しかしそこに旧鼠が現れたのだ。旧鼠は人の子も喰うが、己の仇敵として猫も喰う。母上の仲間の猫たちもさんざん喰われた。旧鼠は、化け猫たちが束になっても、敵《かな》わぬほどの妖だったようだ。結局母上は仲間とともに、縁故を頼って四国に逃れたそうだ。そこでたまたま、小藩の末姫におさまったとか」

たまたま姫におさまるなどということが、あろうはずはない。奏一郎が不審な表情をしたのに気づいたのか、虎千代は苦笑する。

「母上が姫となったのは、四国の藩にあった殿と正室の確執が原因だと聞いたが、詳しくは知らぬ。なんにしても母上には、化け猫としての手腕がおありだということ。母上は四国でなに不自由なく暮らしていたが、逃げ出した故郷のことは気になっており、大殿が旧鼠を退治したと風の便りに聞き、仲間の仇を討ってくだされたと拝んでいたそうだ。しかし、その呪いで里川家が窮地らしいと知り、母上は輿入れを申し出た」

「縞様が、旧鼠の呪いをなんとかしてくださったのですか?」

あの美しい化け猫の正室が、旧鼠の呪いを払ったのであれば、それはまるで、奏一郎が子どもの頃に夢中になった読本のようではないか。化け物同士の大喧嘩だ。

しかし。

「旧鼠は退治され、呪いというかたちになった。ある程度力が弱まり以前ほどの力はないにしろ、もともと母上は旧鼠には敵わなかったのだから、ただの呪いになったとしても、それを払うことなどできぬ」

残念そうに、虎千代は首を横に振る。

「ただ母上は化け猫。しかも齢は百に近い。妖としては力がお強い方だ。だから旧鼠の呪いも母上には近づけぬが、呪いが効かぬのは母上の身のみなのだ」

「では、縞様はなんのためにお輿入れに……」

と、問いかけて、はっとした。虎千代は頷く。

「里川家には相変わらず子は生まれん。だが母上の身になら、里川家の子は宿るのだ。呪いは人にかけられたもので、妖の母上にはおよばぬから」

「縞様が輿入れなさったのは、大殿の御恩に報い、世嗣たる子を産むために？」

「化け猫と人の間に生まれる世嗣は、半妖怪となる。しかしそれを承知で、大殿も父上も家老たちも母上を迎え、わたしが生まれた」

半妖怪の子になると知ってはいても、世嗣がなく里川一門が滅ぶより良いと藩主もお歴々も判断したのだろう。

（なんたることだ。御一門が、このようなことになっているとは）

虎千代は視線を、前の暗闇に向けた。

「わたしは生まれ、無事に育った。旧鼠の呪いもわたしにはおよばぬ。しかし七年前から、父上のお命を狙う妖どもが、幾度となく上屋敷や国元へ現れ始めた」

ようやく奏一郎は、虎千代が口にする心当たりというものが理解できた。

「殿のお命を狙う妖どもが、旧鼠とかかわりがある、と。殿も大殿も、縞様も、そして藩のお歴々も、ずっとそうお考えだったのですね」

「他の心当たりがないゆえな。他にも心当たりがあっては、たまったものではない」

小さく、虎千代は笑う。

「父上のお命を狙うのは、退治された旧鼠の眷属だろうと我らは真っ先に考えた。呪いだけでは里川一門を滅亡させられぬと眷属どもは悟り、藩主たる父上のお命を直接狙い始めた、と。しかし確証はなかった、今日まではな」

虎千代はひたと奏一郎に視線をすえる。

「そなたのおかげで、父上を狙っているのが旧鼠の眷属だとはっきりした。あの女、旧鼠の眷属が、妖どもを唆し、あるいは支配し操り、父上の命を取ろうとしている」

お家に絡みついている妖の呪いは、里川一門を滅ぼすまで、執念深くまとわりついているということだ。うすら寒いものを覚える。

そして里川一門を存続させるため、半妖怪として生まれた若殿とは——。

(生まれながらに、一門の業を背負わされているようなものではないか)

なんというものをこの少年は負わされているのか。

人の子として生まれれば、普通の若殿として安穏としていられただろうに。負わされた者の自覚があるだけに、彼は母や家臣たちに任せきりにもできないのかもしれない。

(お強い、というのとも違うのだろう。意地っ張りなのかもしれない)

はじめて出会った仔猫のとき、押し伏せられた後で砂まみれで弱りきっているはずなのに、強がってきりっとこちらを見ていた猫目を思い出す。

半妖怪の身であれば、正体を知られぬようにと教えられ、躾けられ、それをしっかりと心に刻んでいただろう。幼いながら己の立場と生まれと宿命を自覚しつつも、それに萎縮するのをよしとしなければ、突っ張るしかないのかもしれない。

「そのような強い妖ならば、ぬらりひょんが存在を感じぬはずないのだが。今まで、奴も見当がつかぬと言っていた」

「なぜわからなかったのでしょう？」

「よほど、うまく隠れ潜んでいたのだろう。ぬらりひょんが、わからぬほどだ」

総大将と呼ばれ別格の感のあるあの妖が、女を追って消えた方角に目をやり、奏一郎は引っ掛かりを覚える。

「総大将と呼ばれるぬらりひょんを、若殿は捕まえられたのですね。どのようになさったのですか」

「捕まえてなどいないぞ」

「しかしぬらりひょんが、捕まったと言っていました。だから若殿に力をお貸ししているのだと」

「妙なことを言うものだな。奴がわたしに力を貸しているのは、暇つぶしだと奴の口から聞いているぞ」

虎千代は訝しげな顔をした。

奏一郎は急に不安を覚える。

「ぬらりひょんを、信用して良いのですか。よもや、ぬらりひょんこそが、殿のお命を狙う旧鼠の眷属と結託など」

「それはない。ぬらりひょんは、母上が輿入れする前から上屋敷に出入りしている妖だ。父上のお命を狙うならば、わたしが生まれてすぐに動きはじめただろう。そしてわたしに、手を貸すこともするまい」

「では、なぜ、若殿にお力を？　理由がわかりませんが」

「気まぐれだろう。なにしろ、ぬらりひょん、だ。名が、妖の性質をものがたっている」

話が途切れ、奏一郎は暫く黙って歩を進め、知らされた様々なことを己の中で反芻《はんすう》し、きっちりと折り目をつけて整理する。

二十五年前の大妖怪旧鼠退治に端を発する呪いが根本にあるとすれば、奏一郎の想像を超えてことは難儀そうだ。

「ありがとうございます。お教えくださり」

静かに礼を述べる。

「わたしは若殿のお側を離れず、お仕えいたします」

呪いの結果として半妖怪として生まれ、生まれながらに一門の業を背負わされた子が、縞は不憫なのだろう。だからせめて虎千代を危険から遠ざけ、できうる限り守ろうとしている。親心だ。

しかし一方の虎千代は、背負わされたものを知りつつも、父を守るために逃げも隠れもせず、己自身が立ち向かおうとしている。

(幼さ故《ゆえ》の短慮や気持ちの乱れはあれど、果敢)

奏一郎は隣を歩む虎千代の横顔を見やった。

(この方は、仕えるに足る主だ)

月明かりが、奏一郎と虎千代の影をくっきりと地面に落としている。その輪郭を目で追いつつ、奏一郎は続けた。

「これは定めかも知れません。七年前に若殿をお助けしたときから、こういう巡り合わせだったのでしょう。ですから、わたしは若殿のお側にお仕えします」

「念のため言っておくが、わたしを御するなどさせんぞ。わたしがそなたの覚悟を求めたのは、旧鼠を退けるために、力を借りたいがゆえだ。わたしは、今父上のお命を脅かしている旧鼠の眷属を退けたい。そして叶うならば、それを足がかりにして里川一門にかかる旧鼠の呪いも全て払いたい」

虎千代を御すつもりは、今の奏一郎にはなくなっていた。ただ問題は、縞と主膳。

「御するつもりは、ありません。わたしは若殿の望みのために力をつくします」

そう答えると、虎千代は少し照れくさそうに小さく応じた。

「頼む」

§

虎千代は、ほっとしていた。なぜか気持ちが落ち着き、胸が温かい。特別屈強でもない、どこまで頼りになるか、役に立つかわからない男が一人、自分に仕えると口にしただけなのに頼もしいと思えた。

(首魁の姿も見えた)

夜空を仰ぐ。

(奴を見つけ、追い詰め、滅ぼす。さらにできるならば、それをとっかかりにして里川家の呪いをとく)

もし、と考える。

もし里川家の呪いがとかれたならば、と。

(里川家の呪いがとかれれば、わたしは呪いの残滓となろう。ならばわたしこそ、里川家の最後の厄介ごとになる)

そうだとしても、虎千代は里川家の呪いをとくべきだろう。

それが自分に求められていることであり、生を享けた意味なのだ。

四、見えるだけでも役に立つので

1

翌日、早朝。

朝餉の準備もできていない薄暗いときに、虎千代は奏一郎を遣わし、主膳と縞に会いたいと申し出た。

昨夜遭遇した女――おそらく旧鼠の眷属とおぼしき鼠の妖のことを伝えるためだった。

縞と主膳はなにごとかと、すぐにやってきたので、虎千代は昨夜の顚末《てんまつ》を語った。

「そうに違いないと思っていましたが、これで確証が得られました」

話を聞き終わった縞は、無表情でそう告げた。そして、

「ただ相手が旧鼠の眷属と決まったところで、今の状況は変わりません。虎千代、もう二

度と関わってはなりません」

と、厳しく言いつけた。

首魁の正体がわかったことで、活躍が認められて自由に動く許しを得られるかもしれないと、虎千代は期待していたらしい。縞と主膳が帰って行くと、しばらくむっつりとして口を開かなくなった。

「母上は、どうしてああなのだ。主膳も」

運ばれてきた朝餉の膳を前にして、虎千代がようやく不満を漏らす。

「大切なのです。若殿が」

縞や主膳の気持ちが、奏一郎にはわからないでもない。去り際に奏一郎を見やった二人は無言だった。しかし視線には、これ以上、虎千代に勝手をさせると己の身が危うくなるぞというような圧力を感じた。

機嫌の悪い虎千代を気遣いながら、朝餉を終わらせた。

朝餉の膳がさげられるのと入れ替わりに、廊下の向こうから、しゅるり、しゅるりと、暢気な足取りで近づいてくる足袋の足音がした。中奥でこんな気ままな歩き方をする者などいないので、奏一郎と虎千代は、はっと目を交わし合った。奏一郎もそうだが、虎千代も当然足音の主はわかった。

「朝から、失礼するよ」

廊下側の障子が開き、顔を覗かせたのは案の定、ぬらりひょんだった。

「どうであった。あの女、追いつけたか？」

虎千代の前まで来ると、ぬらりひょんは胡座をかいて座り、禿頭をなでた。

「いけずだねぇ、若殿。まかれたのを承知で言ってなさるだろう」

「あの女は鼠の妖だ。間違いなく旧鼠の眷属。あの大妖怪の眷属ならば、そなたと同様の別格であろう」

「確かに、ありゃ鼠だったねぇ。逃げ足は速いし、ちょろちょろ動くし、するりと隙間に入るし。途中までは追いかけたが、桜田《さくらだ》御門を飛び越えた後に見失っちまった」

奏一郎と一緒に虎千代の傍らに控えていた雉女の尻尾が、ひくんひくんと、動く。

昨夜、虎千代から旧鼠の眷属が出てきたと聞いてから、雉女は不安げだ。

雉女は江戸の町人地に生まれた野良猫だったらしいが、聞けば仔猫のじぶんから母猫に、世の中にある怖いもの三つを言い聞かせられていたという。その三つとは、三味線屋と野犬と旧鼠だ、と。

動物たちや妖たちの間では、旧鼠というものが広く知られ、恐れられているそうだ。雉女が怖がっているのを察したのか、虎千代が雉女を抱き上げて膝にのせた。

「桜田御門の内側へ入ったのか？　なぜわざわざ江戸城の方向へ逃げた」

「それが不審でしょうか？　江戸城はひとけがないので、そこを経由して、どこなりとも抜けられるので都合が良いように思えますが」

　奏一郎の問いに、虎千代が応じる。

「江戸城には結界がある。呪いや妖が入り込めぬように、何らかの守りがなされているのだ。おそらく開府のときに、天海《てんかい》とかいう坊主の施した術があるのだろうな」

「そうなのですか。よくご存じですね、そんなこと」

「二年前。忍び込もうとしたことがあるので、知っている」

「忍び込む!?　江戸城に」

　仰天して、奏一郎は思わず腰を浮かす。

「なぜそのようなことを!?」

「ん？　見てみたかったのだ」

　けろりと言うので、奏一郎は二の句が継げなかった。

(殿の一件が始まる前から、若殿は気ままにふらふらと外へ出ていらしたのか!?)

　きっとそうに違いない。

「見つかればただではすみません」

「真夜中だ。見つかるものか。ああ、しかし。その時に、雉女と出会ったのだったな」

雉女が膝でごろごろ喉を鳴らしながら甘い声で言う。

「あれが縁ってものよね」

「とにかく」

と、虎千代は話を戻す。

「結界があるので江戸城には入り込めぬ。ということは、そこを通り抜けて逃げることは不可能なのだ。しかしあの女が桜田御門の内側に入ったとなると……」

ぬらりひょんが、頷く。

「城に通せんぼされていても、東に抜けることはできる。けど、わたしはさほど間をあけていたわけじゃないから、東に逃げていたら追えていたはずだ」

「ということは、あの女は桜田御門の内側から外に出ていないのでしょうか？」

奏一郎の問いに、ぬらりひょんは頷く。

「おそらく」

顎に手をやり、奏一郎は考え込む。

（桜田御門を入った城の西側は、老中や若年寄のお屋敷があるはずだ。そこから馬場先《ばばさき》御門か、和田倉《わだくら》御門を抜ければ東に抜けられる。ただ、ぬらりひょんは、東に抜けたならば

追えているはずだった、と）

そもそも、南から追われている状況で、西と北を塞がれる場所に入り込むというのも解せない。四方八方に逃げられる方向を選べば、楽に追っ手をまけるだろうに。

となれば、桜田御門の内側にあの女が逃げ込めるねぐらがあるのかもしれない。

「老中や若年寄のお屋敷に、女は逃げ込みませんでしたか？」

奏一郎の問いに、ぬらりひょんは首を横にふる。

「わたしもそれらの屋敷に入り込んでみたがねぇ。姿はなしさ」

「いずれ奴のねぐらを突き止めなければならんが、その前に、あの鼠がなぜ奏一郎と同じ香りなのか気になる」

ちらりと鋭い目を向けられても、奏一郎にはわからない。

「先にも申しましたが、わたしには自分の香りの原因はさっぱりわかりません。不可解なことではありますが……しかし、わたしの香りがあの女と同じということが、さほど重要でしょうか」

「同じ香りがするのだ。そのもとを辿れば、あの鼠の来歴なり、詳しいことがわかるかもしれまい。相手を知れば対処の方法やねぐらが、わかるかもしれん」

奏一郎の肌の香りが、どのような理由によるものか。それが肌に染みた時期なり、場所なり、方法なりわかれば、なにかがあの鼠女と繋がる可能性はある。

「本腰を入れて、奏一郎の香りの正体を突き止めねばならんな。あの女に近づくために」

虎千代は、雉女を撫でつつ考え考え、口にする。

「ぬらりひょん。そなた奏一郎の香り、なにが原因だと思う」

「さてね。妖にしかわからねぇ香りってのは確かで、それが奏一郎さんの肌から香ってるのはわかるが」

と、ぬらりひょんは足を組み替え顔をしかめた。

「原因となると、さっぱりだねぇ」

「肌からとなると、体の中になにかあるのか？」

そう言って虎千代が、奏一郎へちらりと流し目をくれるので、ぞっとした。

「腑分《ふわ》けのような真似をして確かめるなどと言い出すのだけは、おやめください」

「ああ、その手があったか」

顔色をなくした奏一郎に、虎千代は噴き出す。

「いくらわたしでも、そこまではせぬわ。冗談はさておき、どうやって探るべきか。体の中にあるとすれば、何処かでその身になにかが入ったか。生まれながらにあったものか」

「奏一郎さんは生まれながらに、妖が見えなさるんだろう？　てぇことは、生まれながらに体になにかがあって、それで妖が見えるし、妖にしかわからねぇ香りがあると考えるのが妥当だな」

ぬらりひょんの言うとおり、それが最もありそうなことだった。

「生まれながらと言われても……。なぜでしょうか」

「おまえさんのおっかさんは、身ごもっている時に何か変わったことなどなかったかね」

「特には、聞いておりませんが」

「親族にも、そなたと似たような力のある者はいないと前に言っていたな……」

虎千代が呟く。

「はい。親族にはありません。ましてや父も母も、妹も、わたしのように妖が見えるたちではありませんので、梓木家伝来のことも思えませんが」

「いいや、そうとも断言できねぇよ。代々の才みたいなものが、ときに、ある者にだけ強く出るということはあるからねぇ」

ぬらりひょんが顎をさすった。虎千代も頷く。

「確か……梓木家の祖は、音野村の出だと言っていたな？　音野村には旧鼠が出てきた魑魅の栖がある。そなたの祖先、魑魅の栖とかかわりがあるやもしれぬぞ。調べてみる価値はある」

「そうは言われましても、梓木家が音野村を離れたのは、関ヶ原以前ですから、二百年以上も前のこと。家系図以外は口伝のみで。なにも残っておりません」

虎千代は薄く笑った。

「わたしの母上は、百歳を超えている。もっと年かさの妖もあろう。その者たちに問えば、何かわかるやもしれん」

そうかと気がつき、奏一郎はぬらりひょんと虎千代を改めて見やった。人と妖とは、年月にかかわる感覚が違うのだ。知りようもない大昔と人が思っていても、妖にしてみれば、さほどのこともないのかもしれない。

「ぬらりひょん。そなた小鹿藩まで行ってくれぬか?」

視線を向けられ、ぬらりひょんは天井を仰ぐ。

「遠いねぇ」

ぼやくように言ったが、否とは言わなかった。

翌日から、ぬらりひょんの姿が消えた。

ぬらりひょんの姿が消えた日に、奏一郎はひとつ思案をし、国元にいる、剣術道場で仲の良かった男に文を送った。その男は郡代官配下で検地方として勤めており、音野村を含む領内北部が受け持ちだと聞いたことがあったからだった。

送った文で、音野村近辺でここ十五年の間に、妙な出来事、面白い出来事、変わった出来事などなかったかを訊《たず》ねた。若殿付きの中奥小姓となったので、国元を知らぬ若殿に、お国の珍しい話などお聞かせしたいのだと、もっともらしい理由も添えた。

翌日の朝、虎千代にそのことを伝えると意外そうな顔をした。

「なんのためにそのような文を？　まさか本当にわたしを、国元の噂話で面白がらせるためではあるまい」

朝餉の質素な膳の前に座ると、虎千代は箸を手にとる。

「里川御一門にかかわる呪いの話を聞いて、不可解に思いましたので」

「何がだ？」

「殿のお命が狙われ始めたのが、なぜ七年前なのでしょうか？　彼らが里川一門を滅ぼそうとしているのならば、縞様がお輿入れあそばしたのは予想外で腹立たしいこと。だとしたらその時、お輿入れのあった十五年前にこそ、旧鼠の眷属は動いてしかるべき」

「動けぬ理由があったのだろう。十五年前には、旧鼠が退治されて十年しか経っていないのだから、眷属どもはさほど力が蓄えられていなかったのかもしれん。七年前から始まった父上のお命を狙う動きが旧鼠にかかわりあるとすれば、きっとそうであろう」

眷属の長《おさ》である、最も力の強い旧鼠が退治されれば、残るのは旧鼠よりも力の劣る眷属ばかり。長が退治されるならば自分たちでは歯が立たないと、身を潜めていた可能性は大いにあるだろう。

「では、なぜ、七年前から動き出したのでしょうか？　そしてさらに、なぜふた月半前に急に殿に障りをもたらすほどになったのか」

「七年前と、ふた月半前。二度とも、力のあるものが現れたのかもしれぬし、奴らを取り巻く状況が変わったのかもしれぬ」

奏一郎は頷く。

「旧鼠の眷属ならば、魑魅の栖の周囲の音野村あたりを住処にしていたものも多いでしょうし、ことによると一部は、未だに住み着いているかもしれません。今より過去十五年になんらかの異変があり、それが旧鼠がらみであれば、眷属たちの手口なり数なり、わずかなことでもわかることがあるかと」

「しかし音野村近辺の変事など、とうに庄司が調べていまいか」

「庄司様に確認したところ、七年前、殿の周囲に妖が出没を始めた際と、殿が伏せられたふた月半前にも、郡奉行を通して音野村一帯、特に魑魅の栖の近くで変事がなかったか報告をさせたとのことです。特に変わった知らせはなかったと」

「では、なぜ同じことをする」

「問う相手と、問い方を変えました。下役として働いていると時々あるのですが、こういった変事や大事のさいには、上に知らせるまでもないと判断された些細《ささい》なことや莫迦莫迦しいことが端緒であったということもままあります。それは上からのお達しでは聞き取れない、噂話や下世話な話題。そういったものをすくい取ります」

なるほどと応じ、黙々と虎千代は飯を口に運ぶ。膳には、白い飯と揚げの入った味噌汁。うどの味噌和えと大根の漬物。藩の懐具合が寂しいということもあるが、里川一門はなににおいても質素を良しとする家風がある。

「あと、先ほど殿付きの中奥小姓から言づてがありました。本日は、殿はご気分がすぐれぬゆえに朝の挨拶は無用とのことです」

「本日は、ではないだろう。本日も、だ」

箸を動かしながら、平坦な声で虎千代が言う。

数日前に一時良くなったらしい父・里川芳隆の体調だったが、再び寝込み、以降良くないらしい。

朝の挨拶もままならない状態は続いた。

父の姿を見られない、挨拶できないのには、ここふた月半で虎千代は慣れていた。そもそも参勤交代のために一年おきにしか会えないのだから、と、思おうとした。しかしやはり、同じ屋敷にいながら顔を見られない、声も聞けないのは寂しい。

気性の穏やかな父のことは、実は、母の縞よりも好きだ。かつて出会った奏一郎の父親と芳隆が、どことなく似たところがあるような気もする。

§

芳隆に対面できない間も、虎千代は夜回りをし、妖を退けた。出てくる妖どもは様々で、天火がまたもや続けざまに三度出て、その後に数百の小さな蜘蛛が群れになり炎の塊になって現れた。火前坊も出てきた。大きな女の首が夜空に浮かんで、こちらに向かって歯を剝き出しながら落ちてきたりもした。

ぬらりひょんは、とんと帰ってこなかった。

首魁の鼠女も、あの後姿を現さず、一歩も近づけない。

どうすれば首魁に近づけるのか、考えあぐねていた。

§

ぬらりひょんが姿を消して七日目。

虎千代の朝餉が終わる頃に、同輩の富川が虎千代の居間にやってきた。

主膳が奏一郎を呼んでいるので、富川が代わりに虎千代の御用を伺うとのことだった。

「御用を申しつけくださいい」と富川が虎千代の前で頭をさげると、「小姓部屋にさがれ」と、にべもない。虎千代の側にいろと小姓頭に命じられているのか、富川は少し渋ったが、虎千代がきつい声で「目障りだ」と言ったので、すごすごとさがった。

虎千代に邪険にされた富川を気の毒に思いつつ、「すぐに戻ります」と頭をさげて立った。

奏一郎が呼ばれたのは主膳の住まいだ。

江戸に到着した日に通されたのと同じ八畳間に案内され、奏一郎は、来るべきものが来たと腹をくくった。

今、奏一郎は虎千代を御するどころか、一緒に夜回りを続けているのだ。このことは縞や主膳に早晩知られ、厳しい叱責があると覚悟していたが、その時が来たのだろう。

(さて、どう言い訳をするべきか)

泣いて縋っても虎千代を御しきれないと、嘘泣きでもしてみせれば良いのだろうか。しかしそれでは役立たずとして、お役御免になるかもしれない。そうなれば虎千代の手助けをできなくなるうえに、奏一郎の身はどのように処されるのか。

(ここは、縞様と庄司様の説得を試みるしかない。わたしがお側で、若殿をお守りすると。だから若殿の妖退治をお許しくだされ、と)

とはいえ、奏一郎のような妖が見えるだけで、剣術もなにもからっきしの若輩が、若殿を守ると胸を張っても、一笑にふされるだけだろう。説得など不可能かもしれない。

不安と緊張の中で待っていると、ほどなく主膳が入ってきた。

案の定、間を置かずに女中を従えた縞も姿を現す。

叩頭《こうとう》する奏一郎にそそがれる二人の視線が、うなじに刺さる。

「顔をあげよ」

主膳の声は落ち着いているが、それだけに彼の怒りが大きいような気もした。

「ここのところ毎夜、若殿はお屋敷を抜け出しておられるな？　いや、ここのところとは言わず、そなたがお側に侍って以降、外にお出にならなかった日はない。そうであろう？」

思い返すと、確かにそうだ。奏一郎が虎千代を御しきれた日はない。

「はい」

と応じる。

「どういうことだ、梓木。そなたは己の務めを理解しておるのか？」

ひとつ息を吸い、奏一郎は膝に置いた拳に力をこめた。

「わたしは、若殿のお役に立ちとうございます」

「そのように思うならば、若殿のふるまいをお止めせよ。それが若殿のお役に立つということだ」

「若殿は泣いて縋っても、御自身の信念に従われます。強い思いをお止めすることは、わたしには叶いません。ならば代わりに、せめて、若殿のお役に立てるようにお助けしたいと考え、若殿のお側を離れぬようにしております」

「助け？　そなたが」

呆《あき》れたような主膳の目を真っ直ぐ見て、奏一郎は応じる。

「お役に立てております。殿を付け狙う妖は、わたしに近寄ってきます。そのため若殿の夜回りは、以前に比べ手間が省けています。結果、首魁らしき妖もおびき出せました」

冷たい目をして上座にいる縞が、口を開く。

「そなたに妖が寄ってこようがこまいが、首魁が現れようが、役に立ちません。なぜなら虎千代の考えには確証がないからです。あの子がしているのは、意味のないことなのです。屋敷周りに現れる妖たちが殿のご病気と関係があるとは、断言できないのですから」

「しかし妖が現れると、殿のご病状が悪くなると伺っています。わたしを邪魔に思い、首魁の鼠の妖も現れたほどなのです」

「首魁が現れようが、邪悪な妖が現れようが、それらが殿に直接手を出している確証はありません。わたくしの結界に、屋敷の外に現れた妖が触れた気配はない。首魁が妖どもをこちらに向けて放つのは、我らを動揺させるためとしか考えられません」

「殿の病を重くするために来ていると、わずかでも考えられませぬか」

「考えられません。屋敷の周囲に現れるだけでは、彼らは何もできないからです」

「それは、縞様はそう考えられるというだけで、若殿のお考えでは……」

「いえ」

奏一郎を遮り、縞は断言した。

「絶対に何もできないのです」

確信に満ちた言葉に、奏一郎は口をつぐむ。

2

縞は、淡々と続ける。

「殿の身は、わたくしの術でお守りしている。先ほども言いましたが、結界に何者かが触れた気配は皆無。しかし殿が病に伏せられているのは事実。ということは、わたくしの術に何らかの綻びがあるということ。結界に触れずに、結界の綻びから殿へ手出しをしているということ。口惜しいことに、わたくしにはまだ、その綻びがわからないのですが」

縞は悔しげに唇を噛むが、言葉を続ける。

「なんにしろ、綻びから殿を害する何かが忍び込んでいるのです。綻びがあるからこそ、我らを動揺させようとして出現する妖の妖気にあてられ、ご病状が悪くなる。考えてご覧なさい。殿の病を重くするために妖たちが現れているならば、わたくしの術の綻びを狙うはず。屋敷を遠巻きにして毎夜現れなくても、直接に殿に障れば良いのです」

確かに、結界の綻びを狙うのであれば、屋敷周りに出現するなど回りくどいことはせず、綻びを直接狙うはず。

縞にもわからない、結界の綻び。

もし綻びがあるならば、容易に目に触れるものではないはず。誰にもわからない、どこにあるかもわからない、綻びだ。結界を張った本人にすらわからないとなれば、地の奥深くにあるのか、天の上にあるのか。

「わたくしの結界の綻びは、見えない傷口のようなもの。殿に害をおよぼすものは、その傷口に今この時も食いついている。我らを動揺させるために放たれる妖には、強い妖気がありわます。その妖気が風のように傷口にしみる。そんなところでしょう」

「ということは、傷口にしみる程度であっても、若殿がなさっている夜回りは殿のご回復に役立っているということでは……」

「ひとときしみる傷口の痛みを、とるにすぎないのです。それを重ねても、殿のご病状は良くならないのですよ。ひとときの痛みをとるためだけに、大切な世嗣の身を危うくしてなんとします」

百歳を超える妖の言葉には、奏一郎も「なるほど」と、頷かざるを得ない。

(しかし――)

毎夜現れる妖が、簡単に退治されるようになったために、首魁の鼠女は現れた。それは、妖たちを出現させることが重要だからに違いない。邪魔されたくないのだ。

となると屋敷周りに出現する妖は、ただの脅しや、吹く風と同じとは思えない。風のように思えても、実際はどこかで傷口に食らいつく邪悪なものと繋がっていて、それらの助けになっているはずだ。

「縞様のご判断もっともです。しかしながら、若殿には若殿のご判断がおありのはず。若殿が納得なさるまで、若殿のお役に立ちたいと考えます」

縞の目が鋭く細まった。

「事実がなんであろうが、虎千代の手助けをするということですか？　それは、わたくしたちの期待に応えぬどころか、邪魔をするということなのですよ」

「わかっております。ですから、お許しを頂きたく存じます」

細まった目の中にある縞の瞳が、きゅうっとすぼまった。

「許しません」

「お願いいたします」

「……虎千代に理解させる必要がありますね」

語尾に、剣呑《けんのん》な震えが混じった。それがまるで猫が低く唸った声に聞こえ、奏一郎のみならず主膳までもが顔色を変えて縞を見やったが、突如その姿がかき消えた。

ぎょっとする間もなく、奏一郎の視界は美しい顔で占められていた。

人の目にとらえられぬ速さで動いたのか、縞が奏一郎の前にいた。

ずいと、縞がこちらを覗き込む。

奏一郎を逃がさぬように、左手は彼の肩にかかり、右手は首にあてがわれていた。縞の繊手はがっちりと肩に食い込み、細い指先には、研いだばかりの刃のような爪が伸びている。右手の爪は喉に押しあてられていた。ひやりとする鋭さ。

「恩あるそなたが片腕を失ったら、さすがに虎千代もおとなしくなるでしょう。自らが動けば、このようになると。続ければ今度は、残りの腕もなくなると教えてやれば」

肩にかかった縞の手が着物を突き抜け肌に食い込み、奏一郎は呻き、顔をしかめた。

「縞様⁉　いかにいえども、それは」

焦った声音で主膳が片膝立ちになるが、縞は奏一郎を緑の瞳で見つめるのみ。

「黙りなさい、庄司主膳」

絶句した主膳の目には恐怖が見えた。

これが妖の本性なのだろう。子を守るためとはいえ、たいした落ち度もない藩臣の腕を切り落とす。人であれば躊躇いが生じるところだろうが、それがない。

(切り落とすつもりだ)

肩の痛みに本気を感じ、全身が冷えた。

「覚悟なさい」

にいっと残酷に細まった目の恐ろしさに、声が喉の奥に詰まって悲鳴さえあげられなかった。肩が軋《きし》み、爪が肌に食い込む。痛みに出かかる声を、ぐっと喉の奥で堪えたとき。

「おやめください！」

勢いよく襖が開く音がして、虎千代の声が奏一郎の背にあたる。

肩を摑まれた力がゆるんだ。縞の左手首を虎千代が摑んでいた。

「これは、大殿の大恩をお忘れの行いとしか思えませぬ。この者は小鹿藩藩士！　大殿が守り養い続けた家臣。無闇に傷つけるのは、恩を仇で返すようなもの」

虎千代は眦《まなじり》を決し、母を睨めつけている。縞が大きく目を見開き吊り上げる。

（若殿が来てくださった。わたしのために）

安堵よりも強い喜びが胸にわいた。

「生意気を言うのではない、虎千代！　わたくしは、そなたを守るために」

「子を守るためにと恩と理屈を見失うなら、母上は妖の性《さが》にあらがえない証《あかし》を示しているようなもの。人と交わり、人の中に生きる妖にはなりえない。大殿が存命であれば、退治するべきと判じる妖と成り果てるでしょう。となれば、わたしは小鹿藩の世嗣として、大殿の血を受け継ぐ者として、母上を退治せねばならぬ！」

肌に食い込んでいた爪が、ゆるむ。力を失った縞の手首を虎千代は突き放し、奏一郎の肩に腕を回した。

「すまぬ、奏一郎」

なぜか虎千代は謝った。

「すぐに来るつもりだったが、母上の配下が邪魔をしてなかなか中へ入れなかった。このようなことになるのは、わかりきっていたのだ」

主膳は片膝立ちのままその場から動けず、一言もなく、虎千代を見つめている。

縞が、ゆっくりと立ちあがった。

「そなたがおとなしくしてくれていれば、このようなことを考えずにすんだのです。わたくしに任せなさいと、言っているのです。それが難しいことなのですか⁉」

叱責しながらも懇願するような、絞り出す声に、虎千代はゆるく首を振る。

「母上のご判断が間違っている可能性もありますし、母上一人では荷が重い。だからこそ父上が病に伏せられているのです。わたしが父上のために働くしかないのです」

「そなたの身になにかあれば、それこそ大殿に顔向けできぬでしょう」

「いいえ。母上は考え違いされています。父上さえ無事であれば、良いのです」

自分自身に対してさえ冷徹な言葉に、奏一郎はぎくりとした。それは自分が犠牲になったとしても、藩主さえ健在であればまた世嗣は生まれる、と。そういうことだ。

（いや……そうか……。そればかりではない……）

奏一郎は気づき、愕然とした。

今、藩主を狙っている妖を退けることは目先の大事だ。

しかしこの先、もし旧鼠の眷属を退けることで里川一門にかかった呪いがとかれれば、藩主里川芳隆は人の側室を迎え、半妖怪ではなく、人の子である男子を得られる可能性がある。里川家としてはその方が望ましい。半妖怪ではなく、人の子であれば、なんの憂いもなく世嗣とできる。

世嗣となれる人の男子が生まれれば、半妖怪の虎千代は、不吉で忌まわしいだけの存在になる。

虎千代がそこまで考えているとしたら。

（いや、考えているとしたら、ではない。考えておいでなのだ）

そうでなければその口から「父上さえ無事であれば良い」という言葉は、出てくるまい。どんな気持ちなのだろうか。父を救い守り、自分の家を守るために力を尽くしているが、それが叶えば、虎千代は里川家にとって忌まわしい者になってしまう。

「若殿……」

と、主膳が呻く。

縞の猫目が人の目にくるりと変わった。口元がゆがみ、瞳が潤む。

「そのようなことを、口にするものではない。虎千代」

「事実なのですから、仕方ありません。わたしは父上をお救いする方法を探ります。いずれの時か、里川家の呪いをときたいとも考えています。そのために奏一郎に手助けをさせます。わたし付きの小姓なのですから、お許し頂きます」

右肩がじりじりと痛む。爪が着物を突き破って食い込んだので出血したのか、二の腕が生温かいもので濡《ぬ》れる。しかしそんなものが気にならないほどに、奏一郎は、少年の引き締まった横顔を呆然と見ていた。

(これほど覚悟がおありなのか。たった十四で)

半ば妖の血が混じっているからこその、大人びた部分や覚悟の苛烈さがあるのかもしれない。

「立て、奏一郎」

促され、虎千代とともに奏一郎は立ちあがった。よろけると肩を支えられた。

「庄司、聞いていただろう。今後、奏一郎はわたし付きの中奥小姓として、わたしの助けをする。そなたの命には従わせぬ」

主膳にすえていた視線を縞に移すと、虎千代は念を押す。

「母上も、よろしいですね」

「……でも……」

なにか言おうとする縞の声を、虎千代が遮る。

「わたしは、母上は間違っていると思います」

きつい声に、縞と傍らに立った女中が、びくりとした。

「母上は、自信を失っておられる」

鋭いものを突きつけられたかのように、縞は目を見開く。それを意に介さず、虎千代は続ける。

「だから母上は、己の結界に綻びがあると思ってしまわれている。しかしわたしは、結界に綻びなどないと確信しています。母上はお強い。そのような方が施した結界に綻びがあろうはずはなく、また綻びがご自身でわからぬようなことも、考えられない」

「でも今、殿は」

「我らにわからない理屈があるはずです。わたしはそれを探ります。ですからお許しください。わたしのこと」

不意に虎千代は声をやわらかくして、励ますように口にした。

「大殿が父上の正室にと許した、稀代《きたい》の妖であるご自分を信じてください、母上。そしてその血を引くわたしを、信じてください」

「……信じろと」

「はい。ご自分をお信じください」

「自分を……」

と、何か言いかけた縞だったが、目に光るものが浮かび、顔を背け目元に手をやった。

女中がおろおろと袂から懐紙を取り出す。

虎千代はそれを見ぬふりをして、歩き出した。

肩を支えられながら外へ出ると、奏一郎は今更ながら、自分が虎千代に縋っている状態に気づいて慌てた。

「若殿。大丈夫です。お手を」

自分より背の低い少年の肩に縋っているのは、いささか見苦しいし、相手は若殿だ。

「よい。このまま。しかし人目は気になるゆえ、奥の庭を回り込んで行くぞ」

ひとけのない場所を選んで歩きながら、虎千代が申し訳なさそうに奏一郎の肩に目をやった。

「血が出ている。痛むか……と、問うのも莫迦げているな。痛いに決まっているな。すまぬ、母上が」

「たいした傷ではありません。そうですねぇ、子どもの頃に椿《つばき》の大木から落っこちた時の傷に比べれば。あのときは二の腕をざっくりとやって、両親を随分心配させました」

「そんな腕白だったのか、そなた」

「いえ、たまたま。巣から落ちた雀《すずめ》の雛《ひな》を戻そうとして」

「そなたらしいな」と苦笑した後、虎千代はふと真顔になった。

「母上と庄司に、そなたはわたしの中奥小姓だと言い切ったぞ。これでそなた、わたしから逃げられんぞ」

「はい」

応じた声が、我ながら少し弾んだ。

「しかし若殿。殿の病について若殿は、縞様のお考えが間違っていると確信でも？」

「母上は生半可な妖ではない。結界に綻びなどあろうはずがない。母上ご本人はご自分の術をうたがっておられるが、わたしにはそうは思えぬ。母上の完璧な結界に守られている父上が、なんらかの方法で病になられている。それをなした者がいる。その者は狡猾《こうかつ》。母上さえ混乱させているものを、突き止めなければならぬ。できなければ、父上はお助けできない」

御殿の西にある大きな楠《くすのき》の木陰を通りながら、奏一郎は細い肩に頼りながら歩む。

「ひとつ伺っていいですか？」

「なんだ」

「若殿は、殿の命を狙う妖の首魁を滅ぼし、さらには里川ご一門の呪いをとくことを、心よりお望みなのですか？」

不躾《ぶしつけ》とは思ったが、問わずにおられなかった。

「当然だろう。今更、なにを言う」

「殿のお命を守りたいというお気持ちは、わかります。しかし、それより先のこと……ご一門の呪いがとかれたとき、若殿のお立場は……。わかっておいでなのですよね」

虎千代は足もとに視線を落とす。

「わかっている、よく」

「ならば、なぜ」

「その方が、先々里川一門にとって良いに決まっているからだ。わたしが、どんな立場になろうが……だ。それに怯えて、己しかできぬことをせずにいるのは、いじましいではないか」

虎千代の目を見れば、わかる。彼が己の立場と役目を知り達観しているとは、とても思えない。だが呪いをとくことが、慕っている父の、ひいては里川一門のためになるのだからと、様々な思いを押し殺して自らに言い聞かせているようだった。

(このお方を、お支えしたい)

胸に熱いものがこみあげた。

肩に縋っていた手に、奏一郎は逆に抱くように強く力をこめた。

「若殿がどんなお立場になられようと、わたしは若殿のお側におりますので。呪いが続こうが、とかれようが。わたしの主は若殿です」

ふふっと、虎千代が嬉しそうに笑う。

「なにか?」

「なんでもない。ただ」

足もとを見つめながらも、虎千代は微笑した。白い横顔は美しかった。

「そなたはこれからも、苦労が絶えないだろうと思って」


その日の夜から、虎千代は堂々と夜回りに出かけた。無論、奏一郎とともに。

虎千代と奏一郎は夜回りを続けていたが、毎夜、妖どもが現れてそれを退治するのみだった。新しくなにか発見があるわけでもない。

焦っても仕方ないとわかっていたが、国元へ行ったはずのぬらりひょんから、なんの知らせもないことに、虎千代は苛立っている様子だった。

ぬらりひょんが姿を消して、十日過ぎ。ぬらりひょんが帰ってくるよりも早く、奏一郎が国元の友に送った文の返事が届いた。

届いた文には、ここ十五年の音野村近辺の珍しい出来事が、本人が直接出くわしたこと、古株の者から聞いたこと、あるいは農民たちの間で流布している噂話など、幾つか綴《つづ》られていた。

「たいした話はないな」

それが、返事の文を読んだ虎千代の感想だった。

いまだつがいになれない哀れな鶯の声を聞きながら、廊下に座った虎千代は、文を傍らの奏一郎の膝に戻す。雉女は庭で、「やっ！」と声をあげながら跳ね、白い小さな蝶を追い回していた。

昼の八つ前。ぽかぽか陽気に気がゆるむ。

役に立たなかったかと、奏一郎も苦笑するしかない。

（頼んだ相手が、悪かったかな。気が良すぎる朗らかな男だからなぁ）

厳しくてしかるべき剣術道場で、壁際にばかり座っていた奏一郎と仲の良かった男だ。書いてよこした内容は、楽しいめでたい話ばかりだ。

十五年前頃から、音野村に毛並みの良い上等な子馬が生まれるようになって、音野村の馬となれば高値で売れるようになった、とか。

十年前には村にやってきた六部《ろくぶ》が、実は、改易されたさる藩の浪士でそのときに村に入り込んだ盗人《ぬすっと》を捕らえたものだから、村のものたちに感謝されて居着いて、今や嫁ももらって子も生《な》して、すっかり村の顔になっている、とか。

七年前には、器量良しの庄屋の娘が偶然村に逗留《とうりゅう》した大身旗本の目にとまり養女になって江戸へ出た、とか。

五年前には、み月も神隠しになった子どもが、ひょっこり戻ってきたことがあった、とか。

「気になるのは、神隠しくらいでしょうか」

気のないそぶりで、そうだなと応じると、虎千代はひょんひょん跳ねている雉女を目で追いながら言う。

「それよりも、ぬらりひょんが戻らぬのが気になる。飛脚よりも、妖の足は速いだろう」

国元の小鹿藩まで普通に旅すれば、往復で四十日ほど。飛脚ならば往復十日。妖の足の速さのほどは知らないが、宙を浮いたり跳ねたりする妖の足が、飛脚より遅いとは思えない。

白い蝶が屋根を越えて行ったのを残念そうに見送り、雉女がこちらをふり返る。

「あちらの水が性に合って、居着いちゃったかもよ。そもそも、妖なんて気まぐれだもの。縞様みたいに義理堅い方が珍しいわ」

「それなら、それで良いがな」

虎千代が苦笑したそのとき、こちらに向かってくる足音がした。雉女ははっと口をつぐみ、奏一郎も足音の方をふり返った。

藩主、里川芳隆付きの中奥小姓が廊下をやって来た。奏一郎と目が合うと黙礼し、数間の距離まで近づくと膝を折る。

「若殿に申しあげます」

「なんでしょうか」

と、間に入った奏一郎が応じると、顔を伏せたまま相手は続けた。

「本日、殿のご気分がよろしいとのことです。つきましてはこれより、久方ぶりに若殿とお話しなさりたいとのことです。梓木殿の目通りも叶うそうです」

思わずなのだろう、虎千代は「まことか」と、立ちあがった。

「はい。若殿のお支度が済み次第、わたしがこのまま、お連れせよとの仰せです」

安堵の色が虎千代の目に浮かぶ。ずっと対面できないほどに体調が思わしくない父を、内心では随分心配していたのだろう。

庭石の上に座った雉女が、「良かったわねぇ」と言いたげな目をしていた。

(わたしも、ようやく殿にお目通りが叶う)

緊張を覚えて、奏一郎は背筋に力が入る。梓木家はお目見えの身分ではあるが、殿と間近に対面したことはない。

「すぐに行く。奏一郎、支度を」

申しつけられ、はっと応じて奏一郎も立ちあがった。

髷を整える程度だったが、虎千代の支度が整うと、殿付きの中奥小姓に導かれて殿の居所へと向かう。

藩主、里川芳隆の居所は御殿の表に近く、坪庭に面していた。

日当たりの良い二間続きの居間と、その北側に次間と寝間。若殿である虎千代の居所よりも、各室が四畳ほど広い。

虎千代の後ろについて居間に入ると、部屋の四隅に、一抱えありそうな大きな猫たちがそれぞれ一匹ずつ、でんと座っているのに驚いた。普通の猫たちではないのが、賢しげな目つきと、奏一郎の視線を受け止めていることで知れた。

おそらく縞の配下の化け猫だ。奏一郎には見えているが、普通の人の目には見えていないのだろう。

藩主、山内守里川芳隆は、床の間を背にして座っていた。ただ常ならぬことに、人と対面するにもかかわらず脇息《きょうそく》が傍らに置かれており、体をもたせかけている。そうしなければ座っていられないらしい。傍らには中奥小姓が控え、主君の体が傾ごうものならすぐに支えられるようにと、身構えている緊張感が見て取れた。

芳隆の正面に端座した虎千代の斜め背後に、奏一郎は控える。

「ご挨拶にあがりました、父上。ご尊顔を拝し、嬉しゅうございます。本日も虎千代は、文武に精進しております」

手をつき決まりの口上を述べると、顔をあげよと芳隆が命じたので、澄ました顔で虎千代は顔をあげ背筋をのばす。整った顔貌と、落ち着いた表情。未だ細いが、しなやかそうな背中。

見惚《みと》れるほどの若殿ぶりに、芳隆は目を細める。

「励めよ、虎千代」

雄邁公と呼ばれた先代藩主は、厳《いか》つい四角張った顔つきで、肌も浅黒く、いかにも武勇の者らしかった。比べて芳隆は、上背《うわぜい》はあるものの肩や胸はさほど厚くもなく、細面。すこし垂れ目のために、いつも優しく笑っている印象があった。

今も印象は変わらないが、あまりにも痩せすぎていた。首に筋が浮き、着物の袖から見える手首は竹箒《たけぼうき》の柄《え》のように細い。顔色も青黒い。かといって咳をするわけでもなく、息が苦しそうでもない。じわじわと、身内から何かが体を静かに蝕《むしば》んでいる感が強い。

（どうなされたのだ、殿は）

すくなからず奏一郎は衝撃を受けていた。

み月前、国元を出発するときに遠目ながら見送った芳隆と、あまりにも様子が違う。虎千代が、縞や主膳に任せておけぬと、無茶をはじめたのも理解できる。

「体調は如何ですか、父上」

心配そうな目で問う虎千代に、芳隆は無理矢理のようなおどけた顔をした。

「良くなければ会えまい？　そなたの顔を見たので、明日は馬に乗れるほどになっておろう」

「それは、ようございました」

父の強がりは理解しているだろうが、励ますように虎千代はぎこちない笑顔で答えた。

芳隆が疲労するのを危惧したのか、虎千代は早々に頭をさげて後ろにさがった。

かわりに下座にいた主膳が膝を進める。

「殿。先にお耳に入れておりました、若殿のために国元より呼び寄せた中奥小姓、梓木がこちらにあがっております。お見知りおきください」

目配せされ、奏一郎はいざって横にずれて位置を変え、藩主の正面で手をつく。

「顔をあげよ、梓木。虎千代にしかと仕えよ」

顔をあげ、「はい」と応じたその時だった。

(なんだ、あれは……)

奏一郎は、小さく息を呑む。

3

穏やかな表情の芳隆の腰あたり、背中の側に、ふっさりとした黒い、尾のようなものが出ていた。まるで大きな狐の尻尾。

——魑魅の栖の匂い。

低い、人語に慣れぬようなたどたどしい、不愉快なざらつきのある声が、奏一郎の正面から聞こえた。思わず耳に片手を当て、身を強ばらせた。

「梓木」

小声で主膳に呼ばれ、はっとし、慌てて今一度頭をさげて元の位置に戻る。そこからそろりと藩主の方に視線を向けた。

しかし。

（見えない……？）

先ほど見えた黒い尾のようなものは、見えない。

（なぜだ。なぜ、先ほど見えたものが、見えない。見間違いなのか）

膝の上においた掌が汗ばむ。

藩主、里川芳隆の背後に見えたのは、間違いなく大きな黒い狐の尻尾。そんなものが生えているとなると、もしや藩主も妖なのだろうか。縞も主膳も、虎千代も、そんなことは一言も言っていなかったが、そうとしか思えない。

それではと虎千代が立ったので、奏一郎も従った。


部屋に戻ると、雉女がにゃおんと鳴いて、虎千代の足もとに擦り寄ってきた。足もとにまといつきながら、丸い目で見あげて甘えた声で言う。

「おかえりなさい、若殿。ご機嫌ね。奏一郎も殿にお目通りしたんでしょう？　殿に会えるなんて名誉じゃない。嬉しかったでしょう」

尻尾でぱしんと向こう脛を叩かれたが、衣桁《いこう》にかかっていた虎千代の羽織を片付けようと手に取りながら、奏一郎は上の空で応じる。

「ええ。はい……ようございました……」

虎千代と雛女が目を見交わし訝しげな表情になった。

「どうしたのだ、奏一郎」

「は？」

羽織を腕に抱え、奏一郎は瞬きした。

「どうしたと訊いている。そなた様子がおかしいぞ」

「そうよぉ、わたしをさしおいて、若殿と一緒だったくせに」

焼きもちやきの雛女の丸い目で見あげられ、奏一郎は小さく首を横にふる。

「あ、いえ。殿に目通りをして驚いただけです。よもや殿までもとは、聞いておりませんでしたので」

「殿までって？　殿様が、どうかなさったの？」

ちょんと足もとに座った雉女が、可愛らしく小首を傾げた。

「なんでもないよ、雉女。縞様と若殿のことは伺っていたけれど、殿もそうだとは知らなかったから」

不可解そうに、虎千代が眉根を寄せる。

「どういう意味だ？　それはまるで、父上が妖だと言っているように聞こえる」

「そうではないのですか？」

「父上は人だ」

不可解そうに、雉女も何度か瞬きをした。

「そうよ。殿はわたしたちや若殿とも違う。人だけど」

「いえ、しかし」

手にある絹の羽織を、強く抱き込む。

「しかし。先ほど殿にお目見えしたさいに、わたしには殿に黒い尾があるように見えました。さらには、人とも思えない声も聞きました」

ぴくんと、雉女の尻尾が揺れ、本当なのかと問うように虎千代を見やったが。

「ありえぬ」

すぐさま虎千代は否定し、背を向け、見台の前に座る。読みかけの書に手を伸ばすのをみて、奏一郎は羽織をたたみ、乱れ箱に置きながら考え込む。

（殿は妖ではない。となると尻尾や声は、わたしの見間違い、聞き間違いなのか）

しかし尻尾はあまりにもはっきりと見え、声も、耳にざらつきが残るほどにはっきりと聞こえた。

（しかもあの声は、「匂い」と。「魑魅の栖の匂い」と言わなかったか？　それはもしや、わたしの肌からする匂いのことか）

雉女が、奏一郎の傍らに近寄ってきた。

「本当にそんなもの見えたの？　奏一郎」

小声で問う。

「見えたよ」

「そんなはず、ないんだけど。あなた若殿に振り回されて、疲れているんじゃない？」

虎千代の読書の邪魔をしないように、奏一郎も細い声で返す。

「確かに見えたんだ。声も聞こえた。なぁ、雉女。そんなことあるのかな？　妖が化けそこねたのでもないのに、人に妖の尻尾のようなものが生えるなんてことが」

雉女はゆっくりと奏一郎の周りを歩きながら、考え考え口にする。

「そうねぇ。人が妖に取り憑《つ》かれると、そんな風に見えることがあるわよ」

「え？」

手を止めると、雉女も足を止め、座る。

「わたしはまだ、そんな風にできないけど。わたしのおっかさんや、姉さんたちは、人に取り憑くことができるのよ。人の目から見たら、取り憑かれた人の耳が猫のようにとんがってる気がしたり、顔つきが猫みたいになった気がするらしいわ。でもね、人は正面から見て『変な顔だな』『変な耳だな』と気づく程度みたい。わたしたち妖から見たら、取り憑かれた人の腰にちゃあんと尻尾が見えたり、頬に髭が見えたりするの」

芳隆と対面したときのことを、奏一郎は思い返す。

（人の目から見たら……人は、正面から……正面!?）

対面のさいにははじめ、奏一郎は芳隆から見て左手に座っていた。その位置にいるときには、見えなかった。しかし正面に出たときだけ、妙なものが見えた。

はっとした奏一郎は、黙然と書を読む虎千代に、勢いよくふり返った。

「若殿。もしや殿に妖が憑いている可能性はありませぬか」

里川芳隆が妖ではないなら、その身に良からぬものが取り憑いており、病の原因になっているとは考えられないだろうか。

「父上の周囲には常に母上の配下の猫又がおり、守っている。そなたにも見えただろう、部屋の四隅にいる猫たちが。妖が父上に近づくことは困難だ。当然、憑くこともできぬ。わたしは母上の術を信じていると、先にも言ったはず」

うるさそうに開いていた書を閉じ、虎千代は奏一郎の方へ座る向きを変える。

「しかも妖が憑いているならば、母上や配下の猫又たち、わたしや、ぬらりひょんには見えるはずだ。同じ妖なのだから」

妖は隠遁すれば人の目に見えない。しかし同じ妖には目くらましは効かない。隠遁している妖同士が、互いの姿を認め会話しているので、そういうものだと奏一郎も知っている。

「妖の目を欺く隠遁の術を持つ妖は、おりませんか？」

隠遁しているとはいえ、昼間に平然と出歩くぬらりひょんのような別格もいる。妖の目を欺く異能のある妖がいても、不思議はないと思えた。

「妖の目くらましは、同じ妖には効かぬ。人に妖の目くらましが効くのは、人と妖はたちが違うからだ」

あっさりと否定されたが、奏一郎は眉をひそめ、さらに考える。

「……では逆は」

訝しげに、虎千代が眉をひそめた。

「逆？　逆とは？」

「人の施す目くらましは、妖に効くのでしょうか？　わたしは一夕散人《いっせきさんじん》という人が書いた『臥遊奇談《がゆうきだん》』の中で、琵琶秘曲《びわのひきょく》泣幽霊《ゆうれいをなかしむ》という物語を読んだことがあります。話の中で、亡霊に取り憑かれた芳一《ほういち》という琵琶法師を守るために、僧侶が、芳一の姿を亡霊の目から見えなくするくだりがありました」

「確かに人も妖を欺く。僧侶や神職や陰陽師が、術で妖の目を誤魔化すことは、よくあるが……」

何に気づいたのか、急に虎千代が顔色を変える。

「人の目くらましの術で、妖たる我らの目を欺く？」

確かめるように口にして、奏一郎を見やった。

「そなたは人であるから、人が妖を欺くためにかけた術は、効かぬ。そして人でありながら妖を見る目があるのだから、妖が人を欺く術も効かぬ。となると……そなたにしか見えぬものがあるのか？」

奏一郎は曖昧に首をふる。

「わかりません。しかしわたしは、見えたものはたしかに見えたし、聞こえたものは聞こえたのです」

虎千代が呟く。

「仮に、奏一郎にしか見えぬものがあるとしたら。母上もわたしも、ぬらりひょんでさえ、人の術に欺かれ見えていないものがある。そして、その意味は」

こちらを見据える虎千代の瞳が、暗闇の猫の目のように、ぎらりと光った。

「父上に障りを起こしているのは妖だ。しかしその妖は、人の術で我ら妖にも見えなくなっている。ということは……妖は人に操られ、人の使う術となっているのだ。父上の身を蝕んでいるのは、人が妖を使う術」

ぶるりっと雉女が胴震いした。

奏一郎は目を瞬く。

「人が妖を使う術？」

問い返す奏一郎に、虎千代は重々しく頷く。

「狐の尾……狐。奏一郎には狐が見えたのだろう。ならば耳にしたことがある。狐の妖を操り、様々に働かせることができる術者がいると」

可愛らしい声で、雉女が静かに言った。

「管狐《くだぎつね》ね、若殿」

「そうだ」と虎千代は頷くが、奏一郎にはなんのことかわからない。

「管狐とはなんだい？　雉女」

「狐の妖を飼い、それを操る術者がいるらしいわ。狐の妖を竹筒にいれて持ち歩くのですってよ。お武家には馴染みがないかもしれないけど、町人たちは結構そういった術者を頼ったりするの」

奏一郎は虎千代の方に膝を乗り出す。

「若殿！　妖の入った竹筒を、縞様の結界の中に持ち込むことは可能ですか⁉」

「無理だ。どのような妖も結界には入れぬ」

「しかしぬらりひょんは出入りしておりますし、畳叩きなども屋敷内にいるようですが」

「母上が許した妖は入れるのだ。母上に気取《けど》られず入ることは、できぬ」

「ならば参勤交代の道中では⁉」

気持ちが高ぶり早口になる。

「参勤交代の道中、本陣で、殿がお休みになる部屋にあらかじめ管狐を潜ませることは可能では？　そこには縞様の結界がない。そこで管狐を殿に取り憑かせたと」

参勤交代の道中であれば、可能かもしれないと思った。

しかし雉女が難しい顔をする。

「殿様の周りには、いつも縞様の配下の化け猫たちがいるわ。それらに気づかれないように、管狐は潜んでいられるかしら。しかも術者は、管狐からそう遠くへ離れられないはずよ」

「ああ、そうか。確かに……」

と、奏一郎は冷静になりかけたが、

「いや。できるかもしれぬ。辻褄《つじつま》が合う」

虎千代が険しい表情で告げた。

気持ちの良い風がさやっと吹き込んできたが、なぜか庭木の葉擦れの音は聞こえなかった。静かな緊張と興奮が、三人を包んでいる。

「管狐をほとんど力がないほどに弱らせて、本陣に仕掛ける。そうすれば妖気が弱すぎて、化け猫たちには気取られない。弱りきった管狐は父上に取り憑くが、当然弱っているために障りなど起こせない。しかし父上の中に潜んでいるのだから、母上の結界にもそのまま容易に入れる」

み月前、里川芳隆は参勤交代で江戸に来た。当初は何事もなかったが、半月の後に妖の仕業と思われる障りが起きた。

「父上の中に潜んだ管狐はまんまと結界の中に入り込み、半月後、力を取り戻して宿主を蝕み始めたということだ」

虎千代の推測に、奏一郎は疑問を投げる。

「どのようにして妖は力を取り戻せたのでしょう」

「結界の中に、妖気を通す穴を密かに開けたやも知れん。いや、管狐自身が穴の役目を果たしたはず。父上の中から、結界と外を管狐が繋げたのだ。しかも我ら妖に気づけぬように、人の術で目くらましをかけて」

妖も妖気も通さない強い結界の中に、まんまと入り込んだ管狐が、結界と外を繋げた——ということは。

「あっ！　では」

思わず奏一郎は高い声が出た。

「屋敷の周りに現れていた妖たちは、殿の中に潜む管狐に妖気を吸わせるために来ていたのでは⁉　管狐は、自身の中から結界の外と呼応して、妖気を取り込んでいた。だから妖が現れれば殿のご容態が悪くなる。それは殿の中にいる管狐の力が強くなるからでは」

「おそらく、そうだ」

半妖怪の輝きで、虎千代は目を光らせた。

奏一郎はしばし呆然とした。

虎千代の読み通り、結界に綻びなどなかったのだ。ただ結界の中に管狐が入り込んだ。それも藩主里川芳隆の体の中に、だ。

そして屋敷の周囲に現れる妖たちは、芳隆を取り憑き殺すための力を、潜む妖に与えるために出現していた。

己の嗅覚を信じた虎千代は正しかった。

「しかし……それならば、誰が。なぜ」

当然の疑問が浮かび、奏一郎は口にした。

「父上を七年前から狙い続けているのは、旧鼠の眷属。あの鼠女のはずだ」

独り言のように虎千代が言う。奏一郎もまた、誰に問いかけたのでもなく返答も求めていなかったが、口を開く。

「あの鼠女が首魁のはずが。なぜ人の術者が殿のお命を……？」

そこで、はっとした。気づいたのは虎千代も同時だったらしく、二人は顔をあげ、視線を絡ませた。

「あの鼠女がみ月前に！」

「術を使う者を配下に組み入れた、ということですね！」

互いの考えを確認し合って、頷く。

七年間芳隆の命を狙い続けていた鼠女は、前回の参勤交代の後に、管狐を使う人間を新たに配下に置いたのだろう。

「なぜ急に、そのような術者を配下に置けたのでしょうか。いくら術者といえども、容易に妖の配下にはならないでしょう」

　奏一郎の疑問に、雉女が目をくりくりさせる。

「向こうさんの事情が、向こうさんの都合の良い方向に、変わったんでしょうねぇ」

　事情とは、なんだろうか。

「しかし」

　奏一郎は表情を引き締めた。

「ここまでわかれば、今、殿を苦しめている、管狐を使う術者をあぶり出せます」

　虎千代と雉女が、不思議そうな顔をする。

「どうするのだ」

「先ほど雉女は、管狐を使う術者は、管狐から遠くへは離れられないと言いました。であるならば、術者は上屋敷の中にいるはずです」

「まさか」

「江戸藩邸には勤番の者がおります。その中には国元で一年の約束で雇われ、参勤交代に随行してきた中間もおります」

　はっと虎千代は目を見開く。

「中間に術者が紛れているのか？」

虎千代はまだ国元にも行ったことがなく、参勤交代がいかにしてなされるのか詳細を知らなくて当然だった。しかも威儀を整えるために、期限付きで雇う中間がいるというような細々したことは下役でなければぴんとこないだろう。

「今年の参勤交代に雇われた中間。しかも今年初めて雇われた者を洗い出せば、おのずと人数は絞られます。慣れた者を雇うことが多いので、新しく雇われる者は少ないはず」

「今すぐ調べよ、奏一郎」

虎千代は鋭く命じた。

「庄司とはかり、密かに素早く、新しく雇い入れた中間を洗い出せ」

「はい」

「わたしは母上にことの次第を知らせる。我らが気づいたこと、相手に気取られてはならぬぞ。下手に気取られ逃げられてはならん。我らと母上たちと力をあわせ、そやつを捕まえ、父上にかけた術をとかせるとともに、首魁の鼠女の来歴と居所を吐かせる」

承知しましたと一礼し、立ちあがった奏一郎は、足早に主膳のもとへと向かった。杉板の廊下を御用所へと向かいながら胸が躍った。

（あぶり出せるぞ、殿を蝕む者を！　やっと）

しかしふと、胸に引っかかるものがある。

（ぬらりひょんは、なぜまだ戻って来ない？）

ことが大きく動こうとしているこの時、助力を惜しまない別格の妖が不在なのが気がかりだった。

お天道様の位置は、既に低くなっている。そろそろ夕暮れだ。

§

縞様は怖いと渋る雉女を説得し、ことのあらましを伝えるようにと、奥へ遣わしてすぐだった。雉女は飛んで帰ってきて注進した。

「大変！　縞様が、こちらにお見えになるわ！　わたしが管狐の話をしたら、とっても怖い顔になって、すぐに若殿のところに行くって……っ、ひゃっ！」

苛立ったような足音が近づいてきたので、雉女は小さく悲鳴をあげて次間へと隠れてしまう。入れ替わりに縞が、いつもの女中を従えて踏み込んできた。挨拶もなく、縞は打掛の裾をさばいて虎千代の前に端座した。目を吊り上げ、顔を強ばらせ、雉女が恐れをなしたのも頷ける形相だった。

「全て雉女から聞きました」

相対し、虎千代は冷静に問う。

「母上はどう思われますか」

「あなたと奏一郎の推量は、わたくしがずっと解せなかったことと辻褄が合います」

硬い声で縞は答え、ぐっと呑み込みがたいものを呑み下すような間を置き、続ける。

「よくやりました、虎千代」

虎千代は驚き、縞の怖い顔を見つめる。

(褒めてくださった)

褒めるということは、縞が己の非を認めたということだ。

凶事から虎千代を遠ざけようと、散々苦心していた自分が間違っていたと認めるのは、勝ち気な縞には難しいこと。しかも認めてしまえば、虎千代が危ない真似をするのを、もはや止められなくなる。それでも縞は、虎千代を褒めてくれた。

縞は覚悟したのかもしれない。虎千代を、大切に守るだけの子としてだけではなく、里川家をともに守る仲間として認めることを。

「里川一門の呪いが消えれば、虎千代の立場もそうだが、同様に縞の立場もなくなる。それを承知で、旧鼠を屠《ほふ》った大殿――里川家に恩を返す。仲間を食い散らし、自身も故郷から逃げ出さざるを得なくなった大妖怪を退治した人の恩に報いるのだ、と。

雉女は縞の顔を怖がったが、これは覚悟の表情なのだ。

(我らは化け猫だから、恩には報いる)

それを誇らしく感じる。

虎千代は膝を乗り出し、声を潜めた。

「今、奏一郎が庄司のもとへ行っております。ほどなく術者が誰かわかります」

「術者は必ず生け捕りにして、術をとかなければなりません。術をとかずに死んでしまっては、術がかかった管狐が残ってしまいます。術が効き続けていては、我らには殿に取り憑く管狐の姿が見えません。見えないものは退治できない」

ぞっとした。

(術者が死に、退治できない管狐が父上の中に残れば……)

主を失った管狐が芳隆の中に残れば、万事休す。

縞と虎千代に取り囲まれた管狐は、芳隆の中から出れば、彼らに捕まり退治されるとわかるはずだ。意地でも芳隆から出てこないだろう。追い詰められた管狐は、自棄《やけ》になり、己の命と引き換えにするほどの力を使い切って芳隆を殺すかもしれない。

(わたしであれば、きっとそうする)

じわじわと苦しめ、じわじわと命を奪う計画だったがそれが叶わない。逃げられもしない。だとしたらせめて道連れを、と。

廊下の向こうからまた、急ぐ足音が近づいてきた。足音の癖で、それが奏一郎だと虎千代にはわかった。彼の他にもう一つ、足音がする。

「失礼いたします」

廊下に膝をついた奏一郎の背後には、江戸家老庄司主膳の姿があった。

「庄司様が若殿にお目にかかりたいとのこと。お連れしました」

いつになくきびきびと告げる奏一郎に、虎千代は鷹揚に頷く。

「入れ」

五、若殿は化け猫なので

1

招じ入れられ、奏一郎は主膳とともに中に踏み込む。縞が虎千代の背後へ座を移すと、主膳が虎千代に相対し座る。奏一郎はすこし離れて、虎千代の背後に控えた。

主膳は一礼して顔をあげると、重々しく告げる。

「術者とおぼしき者、めぼしがつきました」

切れ者と噂されるだけあり、主膳の理解と行動は素早かった。奏一郎が家老部屋を訪ね、ことのあらましを語り終わるや、主膳はすぐにそのまま奏一郎を徒頭のもとへ走らせた。今年はじめて顔を見る中間はいないかと、奏一郎は徒頭に訊いた。

なぜそんなことを聞きたがるのかと訝る徒頭に、出入りの商人の娘に頼まれたと嘘をついた。娘はさる中間に一目惚れしたようだが、今年はじめて見た顔だと言っている、と。

名なり知りたいと、仲の良い門番の坂口経由で頼まれた、と。

徒頭は苦笑いで、すぐに調べてくれた。

二人。今年はじめて国元から雇われた中間がいると教えてくれた。

一人は、伊作《いさく》。足軽の小村《こむら》という者の縁者らしい。

もう一人は、平次《へいじ》。こちらは老齢を理由に中間をやめた茂助《もすけ》という男の子どもだった。

長年中間を務めた男の子どもであれば、平次が術者である可能性は低い。

疑わしいのは、伊作。

長年会っていない遠縁を名乗り、小村某《なにがし》という足軽を訪ねて仕事に困っているから助けてくれと泣きつけば、口をきいたかもしれない。誰かの縁者という触れ込みで雇われる中間は多いが、その実、縁者ではなく近所の顔見知りだったということも、よくある話だ。

「殿を蝕む妖を操っている術者は、伊作という中間」

低くなったお天道様から射す橙色を帯びた光が、告げた主膳の顔を、濃い陰影で照らす。

ようやく敵の正体を突き止めた喜びより、屋敷内にまんまと術者を入り込ませ気づかなかった己への憤りが強いのか、表情に凄《すご》みがあった。

「庄司。その者をすぐに捕らえなさい」

猫のように、縞の目がぐぅっと大きくなった。

「いえ。お待ちください、母上。術者を泳がせれば、おおもとの旧鼠の眷属の居場所がわかるやもしれません。そうすればこの七年間の憂いを、もとから断つことができます」

虎千代の言葉に主膳が頷く。

「確かに。それができれば」

うつむき考えるように沈黙していた虎千代は、しばらくして顔をあげた。

「母上。母上の結界をもっと強くすることはできますか？　父上の寝間だけ、なんであれば床の上だけでも良いです。結界を強くし、中にいる人の気配も妖の気配も、一切外へは漏れぬように。父上の中にいる管狐の気配を、操り主である術者にもわからなくするほどに、できませんか？」

「少しの間ならば、できますが」

どうしてそんなことを問うのかと不可解そうではあったが、縞は答えた。

「少しとは、どのくらいですか」

「一日、二日。長くて三日。その間、わたくしは殿のそばにいなければなりませんが」

「ならば母上。これから、そうしてくださいませんか？　そして庄司」

江戸家老に向き直り、きりりと虎千代は命じた。

「密かに、父上が身罷られたらしいと噂を流すのだ。そのことを、わたしの元服まで隠そうとそなたらが画策しているのだろう、と。そのような噂を」

主膳は、ぎょっとした表情になる。

「なぜそのようなことを」

「術者は父上の命を狙っているのだ。父上が身罷ったと思えば、管狐を回収して逃げ出すだろうが、管狐は強くなった母上の結界から出てこられない。しかし、とりあえず役目を果たした報告に向かうはず」

そうかと内心で奏一郎は膝を打つ。

(若殿はやはり知恵が回る)

これが十四の少年かと驚く。

虎千代は続ける。

「術者はどうにかして管狐を取り戻す算段をするだろうが、そのためにも首魁の鼠女のもとへ行くだろう。管狐に妖気を与えるために、鼠女が妖どもを上屋敷周囲に遣わしていたのだからな。知恵を借りるか力を借りるかしようとするはず」

主膳は驚いたように虎千代を見つめていたが、すぐに表情を改めた。

「承知いたしました」

縞が口をはさむ。

「殿にはわたくしから、不吉な噂を流すことについては、強い結界を張った後に伝えます。おそらくご承知くださるでしょう」

「頼みます」

軽く頭をさげた虎千代は、次間に声をかけた。

「おいで、雉女」

声に応じ、そろそろと雉女が襖の陰から顔を出す。手招きされるので、渋々の様子で雉女は虎千代の前に来た。

「おまえにお願いがある」

「なぁに、若殿」

幼い女の子の声で喋った雉女に、主膳は気味悪そうな顔をする。縞をはじめ化け猫たちは上屋敷に幾匹もいるようだが、目の前で人語を話すのはあまり目にしないのだろう。

目の前にちょんと座った雉女に、虎千代が言う。

「聞いていたろう。術者であろう中間の伊作。その者を見張ってほしい」

「なんでわたしなの、やだわ。わたしなんかまだ半分しか化け猫じゃないのに。もっと力の強い仲間に頼む方がいいじゃない」

つんと雉女がそっぽを向くと、虎千代は彼女の首に手をやり撫でる。

「相手は術者だ。化け猫の気配があれば、気づかれてしまう。しかし半人前のおまえなら気づかれにくい。おまえにしか頼めぬ」

「…………」

絶対に断るとばかりにそっぽを向いたまま答えないが、耳だけは虎千代の方を向いている。

「頼めぬか？　雉女。わたしのために」

優しい声にぴくぴくっと雉女の耳が動くと、虎千代の手がさらに優しく雉女の喉のしたをくすぐる。

「……わかったわ」

根負けしたかのように雉女が応じ、きっと虎千代を睨めつけた。

「そのかわり。務めを果たして帰ってきたら、わたしを抱っこして神田祭に連れてって！」

「わかった」

と、虎千代は気安く応じたが、主膳が青い顔をする。

「若殿。それは」

「父上のためだ。大目に見よ」

ぴしりと言われ主膳は黙った。有無を言わせぬ鋭さと強さが、虎千代の幼さの残る顔にある。彼は、雉女、主膳、縞と順に視線を移す。

「では雉女、頼んだ。主膳は今夜から噂をひろめよ。母上は今から父上のもとへ行っていただき、強い結界を張ってください」

頷く三人を確認し、虎千代は奏一郎と目を合わせた。

「わたしと奏一郎は、いつものように今夜も夜回りに出る。急に我々の動きが変わっては、なにかあると感づかれる。しかし明日からは夜回りを休み、引きこもる」

「今夜、殿がお亡くなりになったように装うためですね」

奏一郎が確認すると、虎千代は苦い顔をする。

「妖退治をせぬ数日、父上はお苦しみになるかもしれぬが」

縞の目にも気遣わしげな色が浮かぶ。

「わたくしが殿のお側にいても、管狐は人の術に守られているために、わたくしには見えませぬ。見えぬものは御しようがありません。そのときは……」

表情を引き締め、縞は我が子を見据えた。

「殿がお苦しみにならないように、わたくしの術でお眠りいただきます。ただその間も、身は蝕まれ続けます。長く続けばお命が危ない。殿のお命が危うくなる前に、なんとかできるのですね、虎千代」

「はい、できます。してみせます。そもそも母上の術も、もって三日。父上のお体もそれ以上もちますまい」

整った横顔を斜陽に照らされながら、虎千代は応じた。

奏一郎は気を引き締めた。

(いよいよ、里川御一門に祟《たた》り続ける妖に報いることができるのか)

七年芳隆を狙う妖が退治されれば、虎千代はどれほど安堵するだろう。さらにこれをきっかけにして、里川一門にかかる呪いまでとくことができれば良いと虎千代は考えているはずだ。

(呪いがとかれる)

つくっと、すこしだけ胸が痛む。

(呪いがとかれれば、若殿は……どうなさるつもりだろうか)

§

翌日、小鹿藩江戸上屋敷は早朝から奇妙な気配に包まれていた。異様な静けさの底に、ひそひそと不安げに囁きかわす人の声が、低く流れているような不穏さがあった。

殿付きの小納戸役が、朝の準備のため殿のもとへと向かおうとすると、殿付きの小姓に止められた。

どうしてかといぶかる小納戸役に、小姓も「詳しくはわからない」と困惑顔だった。

昨夜、小姓が不寝番をつとめようと準備をしていると、小姓頭から「不寝番は不要」と告げられたらしい。そのかわり中奥の、殿の寝間に繋がる廊下で番をして、正室の縞、若殿の虎千代、江戸家老庄司主膳、江戸上屋敷番頭の川上主計《かわかみかずえ》、そして小姓頭本人。その五人しか通してはならないと厳命された。

すぐに縞が中奥へ通り、今も出てきていない。

真夜中過ぎに若殿がやってきたが、若殿は一刻ばかり後に出てきた。ひどく顔色が悪かった。

家老の主膳と番頭の川上だけが、頻繁に出入りしている。

小姓は芳隆の体調がすぐれないことを承知していたので、小納戸役につい言ってしまった。

「殿の身に、何かがあったやもしれん」

顔色を変えた小納戸役は、辺りを憚《はばか》るように見回して声を潜めた。

「何かとは、よもや」

「わからん。だが何かがあった」

小納戸役が引き返し、朝餉の膳をどうしようかと考えつつ厨《くりや》に向かうと、料理人が妙な顔をしていた。殿の食事は準備しなくて良いと、主膳配下の若党から伝言があったという。さらに朝のみならず、これから暫く殿の食事の準備は不要、と。

生きている限り食べなければならない。不要だというからにはよもやと、小納戸役は自分の推測を仲間たちに話した。

主膳たちの不可解な動きに御殿の中に勤める者たちは気づいていたので、ひっそりと、しかし素早く確実に、上屋敷内に噂は広まった。

――殿が身罷られたようだ。

――家老はそれを伏せようとしている。

──殿が身罷られてしまっては、若殿は喪に服さざるを得ず元服が先延ばしになる。先に若殿の元服を済ませてから、殿が身罷られたことを公表する腹づもりだ。

──元服した若殿が速やかに跡目を継げるよう、御公儀に根回しをしているはず。

跡目を継ぐには御公儀の許しが必要。常ならば問題なく許されるが、時に世嗣の幼いのを理由とし、成人の藩主をたてるように申しつけられることもある。

若殿の虎千代は十四歳。

世嗣として幼すぎるということはないが、判断するのは御公儀。小鹿藩と大目付が良好な関係でなければ、あるいは上様が小鹿藩になんらかの思いをもっていれば、若殿が元服していないのを指摘されるやもしれない。

──小鹿藩と御公儀は、さほど良い関係ではないのかもしれない。

そんな推測も流れた。

家老たちがおかしな動きをはじめた翌日、今年の参勤交代で国元からきた中間が一人、目付の許しを得て屋敷の外へ出た。腹具合が悪いので、屋敷の外にいる藩医のところへ行くという理由だった。中間は医者のところへ顔を出し薬などもらったが、真っ直ぐ上屋敷には戻らず、日本橋へ行った。向かった先は大丸《だいまる》呉服店。

§

藩主、里川芳隆が身罷ったかのように偽装した日から、虎千代は奏一郎とともに引きこもった。

雉女の姿はない。中間として入り込んだ術者、伊作を見張っているのだ。

縞の術がもつのは、二、三日だ。おそらく芳隆の体がもつのも同じくらい。

(今日、明日の内に決着がつかなければ計略は無に帰する。計略に気づいた術者は姿を消すやもしれない)

偽装の日の翌日、既に昼九つの鐘はとうに鳴った。

奏一郎は焦りをやりすごすだけで、精一杯だった。

術者が逃げれば、首魁の居所はわからずじまい。さらにその時、術者が管狐をどうするのか。

術者が管狐とともに去れば、芳隆はこの度の難を逃れられる。

しかし管狐を残していった場合はどうなるのか。

術とともに残された管狐は、主がそばを離れて数日経てば、術がとけて姿を現す。だが数日間は今まで通り、縞や虎千代に見えないまま。見えないものは退治できないと縞が言っていたと、虎千代から聞いた。さらにそうなった場合、自棄になった管狐が芳隆を道連れにする公算が高いと。

(首魁の居所がわからずとも、すくなくとも術者は逃がしてはならない)

機を見計らうのが難しいだろう。さらに捕らえられたとしても、術をとかせることができるのか。

「術者を捕らえ、術をとかせることができるでしょうか」

思わず不安が口をつく。

見台の前に座り、書をめくっていた手を止め、虎千代が応じた。

「母上は力尽くでとお考えのようだが」

化け猫の本性を目の当たりにすれば、いかな術者といえど怯むはず。

「しかしわたしは、まずは懐柔できぬものかと思っている」

どちらが効果的かは、相手と向き合ってみなければわからないだろう。

「それにしても雉女は、伊作をちゃんと見張っているでしょうか」

化け猫になりきっていない、焼きもちやきの可愛らしい猫が心配で仕方なかった。幼い頃の妹の辰と雉女が、なんとなく重なってしまう。元気は良いし口も達者、きかん気でもあるのに、やはり幼い頼りなさがある。

今朝四つ（午前十時頃）あたりに主膳から密かに知らせが来たが、中間の伊作は目付に許しを得て外出したという。そこは読み通りで、雉女は彼について外へ出たはず。

しかしまだ雉女は帰ってこない。じりじりと待っているより他はない。

虎千代は昨日から、寝ているとき以外はずっと見台の前にいる。時折書をめくるが、目は一点を見つめたまま、文字を追っている気配はない。

「見張っているはずだ。雉女を信じよ」

落ち着いた声で虎千代は応じる。

（若殿も焦りを堪えておられる。わたしも落ち着かなければ）

そうは思うが、座っていると乱れ箱の位置の歪みが気になったり、やたらと自分の喉が渇くので、虎千代に茶をすすめたりと、なにかと落ち着かないので、つい話しかける。

「ぬらりひょんも戻ってきませんね。何か、あったのでしょうか」

つっと虎千代の眉根が寄る。

「それは気にかかっている」

書から目をはなし、閉じた障子の方へと目を向ける。

日が暮れかかっており、障子に庭木の影がかかっていた。気づけば室内も薄暗い。

「もし明日も、雉女が戻ってこなければ……」

「致し方ない。雉女が戻っていなくとも術者を捕らえる」

「悟られる前に捕らえられるでしょうか」

「頃合いを間違えなければ、可能だろう」

頃合いとはいつだろうか。口にした虎千代にも、はっきりとした頃合いなどわからないはずだ。

障子に射す光の色が褪《あ》せていくが、行灯に火をいれるにはまだ早い。灯りのまえに夕餉の膳を準備しなければと、奏一郎が立ちあがりかけたそのときだった。

庭から廊下にあがってきた小さな黒い影が、障子に映った。

「若殿」

雉女の声がした。思わずのように虎千代が腰を浮かし、奏一郎は急いで障子を開いた。

「雉女！」

薄闇に沈みかけた廊下に、ほっそりと可愛らしい雉虎猫が座っていた。雉女は虎千代の顔を見ると嬉しそうな顔をして、駆け込んできた。

「若殿！」

ごろごろ喉を鳴らし、虎千代の膝に頭をすりつける。

「雉女、よく戻った。なにかわかったのか」

「ほめて！」

雉女は、きらきら目を輝かせた。

「今朝、伊作は外へ出たの。もちろん、わたしはつけていったわよ！」

ふぅんと鼻息も荒く、雉女は顎をあげる。

「伊作は医者に行くっていって目付に許しをもらって医者に行ったけど、すぐにそこを出て。それでね、日本橋の大丸って呉服屋へ行ったの」

「呉服屋？　着物でもあつらえに行ったのか」

意外さに奏一郎は首を傾げる。

「それがねぇ、中間の格好で中に入ったのに、出てきたときは侍の格好になってたの。人には、二人が同じ人だってわからないでしょうね。けれど、わたしたちの鼻は誤魔化せないわ」

自慢らしく雉女はつんと鼻先を天井に向けた。虎千代は先を促す。

「それで伊作はどうしたのだ」

「半蔵門から吹上曲輪《ふきあげくるわ》へ入っていったわ。それで、わたしはそこで二刻も待ったのよ。門が高くて中に入れなかったの。でもね、待ってたら伊作は出てきた。来たときとは逆に、大丸に戻って侍から中間の姿に戻って、上屋敷に帰ってきたの」

奏一郎と虎千代は顔を見合わせた。

「半蔵門から吹上曲輪とは。要するに、江戸城へ入ったということですよね」

術者である中間が、なぜか侍姿になり江戸城へ入ったとなれば、考えられるのはひとつしかない。しかしそんなことがあるのだろうかと、奏一郎は信じられずに虎千代に問いかけた。

「この一件……、御公儀がかかわっているのか」

絞り出すように虎千代が口にした。

「大丸。侍の身なり。江戸城の吹上曲輪。考えられるのは、ひとつ。中間の伊作は御庭番《おにわばん》。隠密だ」

明言されて、恐ろしさに血の気が引く。

御庭番とは江戸城吹上御庭の宿直役《とのいやく》であり、庭の警護が主な役割として『武鑑《ぶかん》』にも載る。表向きはそうだったが、実態は将軍や側用人《そばようにん》の命を受けて密かに御用を果たす隠密だ。

雉女が、不安げに虎千代と奏一郎を交互に見やる。すると虎千代が、「雉女、頼めるか」

と、訊いた。

「なぁに」

「庄司をここに呼んでくれ」

緊張感を感じ取ったのか、雉女は文句も言わずに頷き、出て行った。

「御庭番に術者がいるのですか？」

訊いた奏一郎に、虎千代は渋い顔をする。

「実態がよくわからぬのが御庭番だ。隠密なのだから、なんらかの技をもっている者がいても不思議ではない。暗殺や呪いに長《た》けた者が、その技に見合った御用を務めるやもしれぬ」

隠密が動くのは、大名家にとっては恐ろしいことだ。なぜなら隠密御用のほとんどが、大名家の内情を探るためのものだからだ。お家騒動が起きていないか、内紛はないか、御公儀への不義はないか探らせる。目的は大方の場合、瑕疵《かし》を理由に大名を咎めるため。最悪は改易。そういったことを公儀が考えているということ。

（なぜだ。小鹿藩は遠い西国の小藩。御公儀からすれば、とるに足りない存在だ。しかも参勤交代は行われているし、江戸城への登城も欠かしていない。目を光らせる必要もないだろうに）

西国の小藩を探り瑕疵があったとして取り潰しても、利益などないだろうに。

（いや。目を光らせるというものではない）

益々《ますます》不可解を覚える。

「上屋敷に入り込んでいる御庭番が術者であれば、御公儀は小鹿藩の内情を探らせようとしているのではありませんよね。殿のお命を狙っているのですから。ということは」

「御公儀が、父上を亡き者としようとしている。その理由は……」

虎千代は考えつつ、続けて口にする。

「小鹿藩にはお家騒動も内紛もなく、御公儀への義務も遺漏なく務めている。いくら御公儀でも理由もなく取り潰せぬ。そんなことをすれば他藩の不安をあおる。だから取り潰しの理由を作るつもりだろう。父上を亡き者にし、続いてわたしを亡き者にすれば世嗣断絶。里川一門にはここ二十五年、わたし以外に世嗣となれる者が生まれていないのだから」

御公儀による、里川家の取り潰しの謀略があるというのだろうか。

「……里川家の断絶」

はっとし、奏一郎は声をあげる。

「旧鼠の望みと同じではありませんか」

「御公儀が旧鼠の願いを叶えようとしている。なぜか」

「そんなことをしても御公儀に利はないはず」

「あるのかもしれない、我らにはわからぬ利が。経緯はわからぬが、旧鼠の眷属が御公儀と関わりを持った。その望みが御公儀の利と重なったゆえに、御公儀が御庭番を動かした」

「なぜ旧鼠の眷属が御公儀と関わりなど持てるのですか⁉」

ことの大きさに焦って声が高くなった、その時。

「どうしなすった、騒がしぃねぇ。取り込み中でしたら、すみませんよ」

歯切れの良い江戸弁が、庭の方から聞こえた。

半分開いた障子の向こうには、ほとんど暗闇に沈みかけた庭。そこの大きな庭石の上に、片膝立ちで座った、黒の無紋の羽織と着流し姿の禿頭の老人の姿があった。薄闇の中にもかかわらず、はっきりと姿が見えるのは妖の術か。にやにやと笑っている妖は、妙なことに、反りの浅い小ぶりな弓を握っていた。

思わず奏一郎は立って障子を大きく開けた。

「ぬらりひょん！」

2

「良かったです、ご無事で！」

笑顔があふれる奏一郎に微笑み返し、ぬらりひょんは石から飛び降りると、こちらにあがってきた。

「心配しました、随分」

別格の妖の身になにかあろうはずもないと信じていたが、ぬらりひょんが向かったのは魑魅の栖だ。なにかに巻き込まれてはいまいかという不安も、ぬらりひょんの「なにもあろうはずがないだろう」と言わんばかりの気負いない姿を目の前にすると、ほっとし、自分の危惧は取り越し苦労だったと、おかしいような気すらした。

「ああ、ちと時がかかったかねぇ。心配かけちまったのは、すまなかった。奏一郎さん、若殿、申し訳ない」

悪びれずに、飄々《ひょうひょう》と、ぬらりひょんは軽く頭をさげる。

ぬらりひょんの姿を見たときは、虎千代の目に間違いなく安堵の色が浮かんでいた。しかしこの別格の妖が前に座ると、表情を引き締めた。

「今までなにをしていた、ぬらりひょん」

厳しい虎千代の顔つきにも動じず、ぬらりひょんは手にある弓をずいと、傍らに座った奏一郎の方へと突き出す。

「魑魅の栖あたりに住んでいる妖どもに、これを作るからと散々待たされちまってね。まずこれをどうぞ、奏一郎さん」

「わたし？」

「あなたに渡してくれと、妖どもから預けられたんでね」

戸惑いながらも膝でいざって進み出て、手に取った。細いが、粘りのありそうなしなやかな材質の弓だった。

（この弓は、なんなのだ？）

奏一郎が行ったこともない場所に住む妖が、なぜ彼にと、こんなものを託《ことづ》けるのだろうか。わけがわからない。

木の材質は強そうだが、反りが浅く、矢をつがえて放ってもろくに飛ばないと思われた。おもちゃのようでもあるが、白木のそれを手にすると、しっくり馴染み、しんと心が落ち着くような感覚があった。

虎千代の目つきが鋭くなる。

「それは……」

「わかりますかね？　若殿」

探るように、ぬらりひょんが問う。

「妙な気配のする弓だ」

「梓弓でございますよ」

虎千代の目はさらに鋭さを増すが、奏一郎は首を傾げた。

「梓弓とはなんですか？」

「歩き巫女《みこ》が使うものでね、口寄せなんかにも使うが。破邪の道具になるんだよ」

胡座の足を組み替え、ぬらりひょんは奏一郎を、面白がるような上目遣いに見る。昔語りのような口調で、続ける。

「妖どもが言うにはね、魑魅の栖ってのは旧鼠やらなんやら、おっかねぇ妖が出てくる洞なんだそうだ。あの奥は魔界に通じているのだと妖たちは信じてるようだね。そこから出てくる妖どもを、あのあたりの連中はそりゃ恐れていたらしいが」

「魑魅の栖とはそのように忌まわしいものなのか」

目を見開く虎千代に、ぬらりひょんは頷く。

「わたしも行ってみましたが、ちょっと尋常じゃやねぇ。近寄るのが嫌でしたね」

鼠女に妖の総大将などと呼ばれ、あきらかに木っ端《こっぱ》妖たちとは格の違う妖ですら、近づきがたいと口にすることに奏一郎は驚いた。魑魅の栖とは、他愛ない昔話の舞台程度にしか今まで思っていなかった。

ぬらりひょんは続ける。

「何百年も前のことだが、音野村に歩き巫女が来たそうだ。巫女は梓弓を使って、魑魅の栖から這《は》い出ていたたくさんの悪い妖を、魑魅の栖に追い返して封じ込めたらしい。巫女は近辺の悪い妖を全て追い返し封じ込めた後に、村に居着いた。梓弓を家の前に突き刺して、それが梓の木になった。子を生し代々暮らしたが、二百年ほど前に子孫たちはそこを離れた……と」

「梓木。なるほど、だから、梓木」

虎千代が口にすると、ぬらりひょんがにっと笑う。

「ええ、そうです」

「奏一郎から薫る香りがなんによるものか、わかったのだな。まず、それはでかした、ぬらりひょん」

「なんの」

半妖怪と妖の会話について行けず、奏一郎は慌てた。

「どういうことですか、それは」

「そなたの先祖は歩き巫女だったのだ。歩き巫女は魑魅の栖に深く関わったゆえに、その場所の香りが、そなたにも現れた。おそらく鼠女も、魑魅の栖から出てきたのだろう。だから同じ香りがする」

ぬらりひょんが目を細めた。

「魑魅の栖からは、奏一郎さんや鼠女の香りを万倍にもしたような香りがしていましたよ」

「わたしは、魑魅の栖に行ったことなどありません」

「旧鼠の出現で、歩き巫女の血が目覚めたのかもしれぬな」

顎に指を当てて考え考えの様子で、虎千代は奏一郎をまじまじと見る。

「二十五年前に旧鼠が何らかの方法で封印を破り、眷属とともに、魑魅の栖から出た。それをきっかけに、梓木家のなかにある歩き巫女の血が目覚めたかもしれん。歩き巫女がその地にとどまったということは、魑魅の栖を見守り続けようとした証。封印が破られたときに、なんらかの対処ができるようにしていたのだろう」

魑魅の栖の封印が破られたのが二十五年前とすると、その後、梓木家の直系に生まれた最初の子は奏一郎だ。

「魑魅の栖あたりの妖どもは、旧鼠の眷属を怖がっていてね。奏一郎さんの話をすると、歩き巫女様が戻ったと嬉しがって、ぜひ巫女様が残した梓の木で、梓弓を作るからそれを奏一郎さんに渡してくれって頼まれたってわけだ」

「……はぁ」

理解はしたが、先祖の歩き巫女だの、破邪の梓弓だのは実感がわかずに、奏一郎は間抜けな返事しかできない。手触りの良い梓弓を膝の上で撫で、益々首を傾げる。

「それで、これで、わたしにどうしろと」

「決まっている。それで鼠女を射殺すのだ。頼んだぞ、奏一郎」

虎千代に言われ、ぎょっとした。

「わたしは、弓はからきしです！　しかもこんなおもちゃで」

「冗談だ。そんな期待はしておらぬ。ただ、それはそなたの祖先を慕う妖どもが作ったらしいのだから、ありがたく受け取っておけ。鼠女は、わたしが退治する。そなたの香りの理由がわかったのだから、鼠女がどこから来たのかあきらかになったな。やはりあれは、旧鼠の眷属に間違いないということだ」

奏一郎たちが遭遇した、芳隆の命を狙う鼠女は、もともと旧鼠とともに魑魅の栖から出てきたものだということ。そこが故郷で、ねぐらだったはずだが、なぜか今は江戸にいる。

梓弓を、奏一郎は無意識に握った。

「旧鼠の眷属であれば、あの鼠女はなぜ国元にいないのでしょうか。江戸に出てきた理由があるはずですが」

「眷属どもは、長の旧鼠を大殿に退治されてから、魑魅の栖あたりに潜んでいたらしいよ。ただ奴らは旧鼠に比べて力が弱い。大殿を恐れて、じりじりとしていたみたいだねぇ。なにしろ縞様がお輿入れして、里川一門が旧鼠の呪いをやり過ごそうとしていると知っていながら、手も足も出ずにいたのだからさ」

煙草入れを懐から出し、煙管に葉を詰めながら、ぬらりひょんが口を開く。

「でも、七年前に江戸に出た。出たというより、連れて行かれたというのが正しいらしいがね」

「連れて行かれたとは、どういうことですか？」

「さる大身の旗本が、その時人に化けていた旧鼠の眷属の女を気に入って、養女にして江戸に連れ帰ったんだそうだ。それはもう美しい化けぶりだったとさ」

言いながら、ぬらりひょんは手元が暗いのに閉口したらしく、顔をあげ、丸行灯へ向かって唇を尖《とが》らせてふっと息を吹く。行灯の中にぽっと火が灯った。

障子の外も濃い青色に染まり、室内はいつのまにかかなり暗い。

（……あのことか）

奏一郎は思い出していた。同輩が、魑魅の栖がある音野村近辺であった変事を書き送ってくれた中にあった、大身の旗本に見初められた娘が、養女になって江戸へ行った話。

「江戸には、田舎に比べてたくさんの妖がいる。邪悪なものも多いからね。旧鼠の眷属はそれらを唆し、七年前からちまちまと、殿のお命を狙いはじめたってことだね」

「しかしでは、なぜ今突然に、御公儀まで巻き込むことができたのです」

ぬらりひょんが「御公儀？」と、眉をひそめた。

「こちらも、ひとつ、わかったことがあるのだ」

と、虎千代がことのあらましを伝える。

ぬらりひょんは難しい顔で、煙管を扱う手を止める。

「なんだい、そりゃ。しかし御公儀と鼠女が繋がっているというなら合点がいった。あの鼠女が桜田御門で姿を消したのは、江戸城内へ入ったからか」

「江戸城には結界があるのに、入れるのか？」

虎千代の問いに、ぬらりひょんは頷く。

「江戸城の主に正式に迎え入れられれば、妖だろうが野良犬だろうが、結界に入れるよ。結界ってのは、そういうもんだ」

「大身の旗本の養女になった旧鼠の眷属が、正式に江戸城に迎えられるとしたら……」

奏一郎の呟きに被せるように、障子の向こうから主膳の低い声がした。

「おそらく大奥であろう」

すらりと障子が開くと、手に燭台をもった主膳が廊下に立っていた。足もとには雉女がいる。

「取り次ぎなく無礼をいたします、若殿」

「良い、入れ。今の話を聞いていたか？　雉女から、ことのあらましは聞いたか？」

「はい」と頷き室《へや》に入ってきた主膳は、ぎょっと足を止めた。そこに座っている、ぬらりひょんの姿が見えたようだ。どうやら今、ぬらりひょんは隠遁していないらしい。

ぬらりひょんは一方的に主膳をよくよく見知っているが、主膳にとってぬらりひょんは、町人風の着流し姿の、見慣れない老人だ。

「何やつ」

主膳が鋭く問うので、虎千代は鷹揚に手をふった。

「ぬらりひょんという、妖だ。母上やわたしと昔からの馴染みで、我らを手助けしてくれている。安心して良い。そなたは初対面であろうが、上屋敷にはそなたより長い間出入りしている」

「どうも、よろしくお見知りおきを」

そつなく挨拶するぬらりひょんは、実は主膳の住まいでのうのうと煙草などふかしていることなどおくびにも出さない。

まだ用心の色を浮かべながらもぬらりひょんの傍らを通り過ぎ、主膳は虎千代の前に端座した。

「それで庄司。今、そなたなんと言った？　大奥？」

「大奥と申しました。廊下で、旗本の養女になった旧鼠の眷属が、正式に江戸城へ迎え入れられ……と聞こえました。もしそのようなことになっているとしたら、旧鼠の眷属がいる場所は大奥しかありません」

旗本の養女となった女が江戸城へ正式に招き入れられるとしたら、大奥へあがるしかない。主膳は苦い顔をし、続けた。

「そして今年に入って大奥へあがった御中藹《おちゆうろう》を、上様がたいそう気に入られているという噂を耳にしています。その者が上様を籠絡し、なにがしかの理由で小鹿藩改易を唆したと推察します」

ととっと虎千代に駆け寄ってきた雉女は、膝に頭を擦りつける。

「御中藹は、陸奥《むつ》、五十万石宇台藩《うだいはん》の分家筋、三千石旗本の磯部《いそべ》正元《まさもと》の息女、直《なお》様ですって」

ごろごろ鳴る雉女の喉の音が響くほどに、場が静まった。雉女以外の、その場にいる全ての者が、驚きのために声を失ったようだった。

ますます奏一郎は強く、梓弓を握りしめる。

(なんということだ)

藩主里川芳隆の命を狙っているのは、旧鼠の眷属。それが大奥へまんまと入り込み、上様を籠絡し、御公儀を巻き込んで里川家の滅亡を図っているということ。

「ことの真相は見えてきたが。さて、どうなさるね若殿」

ぬらりひょんが口を開く。しばらくの間があった後に、

「術者を捕まえ、術をとかねばならん。しかし、その者は御庭番」

虎千代は唸るように低い声で応じた。

「捕まえたとしても、簡単に寝返りはせぬし、術をときもしないはずだ」

将軍、あるいは側用人から直接密命を受ける御庭番は世襲。生まれながらに隠密御用を務める教えをたたき込まれている。御用の最中に正体が露見すれば、捕らえられる前に死を選ぶ。寝返りは期待できないために、御庭番に気づいたときは確実に殺せと、大名家家臣たちの間では密かに言われているのだ。

主膳がきっと目つきをきつくした。

「なににしても縞様の結界はもって明日まで。ということは、今夜には決着をつけねば殿がご存命なのが明らかになる。まずは術者、中間の伊作を捕らえましょう」

「しかし捕らえたとて」

奏一郎が口をはさみかけるが、きっと睨み返される。

「かといって逃がしてはならぬ。伊作は屋敷に帰ってきたのだな、雉女とやら」

「帰ってきて、おとなしく中間部屋に入っていったわ」

術者は芳隆が身罷ったと信じているはずだ。果たすべき隠密の御用は終わったにもかかわらず上屋敷に戻ってきたのは、おそらく管狐を取り戻すため。

(だとしたら今夜、術者は殿がおわす中奥へ忍んで行き、管狐を……)

そこまで奏一郎が考えたとき、激しく争う猫の声が御殿の中に響いた。

雉女がきゃっと悲鳴をあげて部屋の隅へ飛んで逃げ、男たちは全員が立ちあがった。

「中奥だ! 来い、ぬらりひょん! 奏一郎!」

虎千代が廊下へ飛び出し、ぬらりひょんと奏一郎も後を追った。主膳も立ちあがり駆け出したが、彼は虎千代を追うのではなく途中で別の角を曲がった。何か考えがあるのだろう。

日が落ちていた。

あたりは既に暗闇に包まれ門は閉まったが、深夜ではない。上屋敷の敷地に沿って並ぶ侍長屋には温かい灯りが揺れ、勤番の者たちが寄り合って酒を飲んだり将棋を指したりしているはずだ。

ただ御殿は静かだ。

料理人も下働き屋敷の外へ帰り、勤めの藩士たちも侍長屋へ戻る。御殿には不寝番の小姓と宿直の者だけになる。しかも今は、芳隆が身罷ったように装うために人払いしてある。

暗い廊下を虎千代は難なく駆けていくが、それができるのは半妖怪ならではだ。

ほとんど暗闇なので、奏一郎はまともに動けない。そのためぬらりひょんが、奏一郎の手を引いてくれた。真っ暗闇のなか手を引かれ、全力で走るのは恐ろしいが、そんなことは言っていられない。ぬらりひょんに握られている右掌、梓弓を握っている左掌、両方とも緊張の汗が滲む。

とっさのことに奏一郎は、梓弓を握ったままだった。うち捨てることもできず、邪魔だと思いながらも持ち続けるしかない。

足もとを何かが駆けていく風を感じる。おそらく上屋敷にいる、縞の配下の化け猫たちだ。奏一郎たちが向かおうとしている場所へ、向かっているのだ。

暗闇が続く廊下の奥から、ぎゃぎゃぎゃっと、猫が幾匹も何かに襲いかかる声が立て続けに聞こえる。走って行くと、声がぐんぐん近くなる。

さらに猫の声に混じって、小さく唸るような人の声がする。

いくらか距離をあけて前を走る虎千代の足音が、直線的に耳に届く。どうやら長い廊下に出たらしい。暗闇の先をすかし見ると、かなり遠い場所に、線香のような小さな灯りの点があった。その点が、激しく上下左右に揺れ動く。猫たちの声はそのあたりからする。

突然、ばんっ！　と何かが弾けるような音がして、奏一郎の視界が戻った。

左手の壁の一部が真四角に開いていた。そこから四角く射しこむのは月明かり。

廊下と思っていたのは、長いくれ縁だったらしい。庭とくれ縁を隔てていた戸が、次々、誰かの見えない手で乱暴に開かれていく。ぬらりひょんが、ふっふっと戸へ向かって息を吐いている。彼の仕業だ。

次々戸が開くことによって、視界はさらに良くなる。

今夜は月が明るいようだ。青い光が真っ直ぐ広いくれ縁を照らす。

前を行く虎千代の背中が見える。

ぬらりひょんが、もう良いだろうとばかりに奏一郎の手を放すと、ぐんと速度をあげて虎千代の背に追いつく。

彼ら二人のおよそ三間前方に、男の姿があった。

男の周囲には十四以上の猫が集まり、数匹の猫が入れ替わり立ち替わり、背中や肩に飛びついている。男は短刀を振り回し、猫を避けようとしているが、猫たちはさせじと間断なく飛びかかり、引っ掻き、飛び離れる。男の顔には焦りがあった。なぜこれほど猫が集まり襲いかかってくるのかわからないらしい。目には怒りや焦燥以上に、深い困惑がある。

「伊作！」

先を行く虎千代が声をあげると、男は視線をこちらに向けた。

(あれが術者か)

身につけている着物を、中間らしく尻端折《しりはしょ》りしていた。隠密御用の最中に黒装束など準備できまいが、こうした常の身なりの方が、いざというときに言い訳が通りやすいだろう。ただ中間にしては目つきが鋭く、短刀をさばく手つきと腰の入り方は、修練を積んだ者のそれだ。

駆けてくる虎千代とぬらりひょん、背後の奏一郎を認め、男はくれ縁から庭に飛び出す。猫たちもまた、相手の足にまといつくように庭に降りる。

「ぬらりひょん！　刀！」

命じる声が終わるか終わらぬかの間で、ぬらりひょんが袂からずいっと刀を摑みだし、

投げるように手渡す。それを引っ摑み抜刀し、鞘はくれ縁に投げ捨て、虎千代も庭に降りて男の正面で刃を正眼に構えた。さらに、

「背後を塞げ！」

鋭い声を発する。ぬらりひょんが「承知！」と応じ、くれ縁の板を蹴り、とんぼを切ると軽々と術者の頭上を越え、その背後にどんと降り立つ。

「……妖か⁉」

人にあり得ない動きに思わずだろう、術者はそう口にして、用心深い視線を背後と前へ交互に向ける。

息を切らした奏一郎は、くれ縁の柱に手をつく。呼吸を整えながら庭に降りようと思ったが、足が動かなかった。月光が照らす庭に張り詰める緊張感にあてられたらしく、動けない。下手に動いてはならないと感じた。

術者と真っ向対峙する虎千代の白い横顔と、背後で身構える黒着流し姿のぬらりひょん。毛を逆立て、彼らを守るようにぐるり取り囲む猫たち。

「妙だ、妙だとは思っていたが。小鹿藩上屋敷は妖《あやかし》屋敷《やしき》か……」

術者の声は低く硬かったが、御庭番だけあり取り乱してはいなかった。

「妖どもを引き連れて、あなた様も尋常のものではございませんな、若殿」

問いかけられた虎千代は、薄く笑むのみ。妖を引き連れ、御庭番と真っ向勝負しようとする十四歳の若殿が、普通の人であるはずはない。答えなくともわかるだろうと、虎千代の目は挑発するような光をおびる。

「これは、ゆゆしきこと。小鹿藩世嗣が妖となれば、徳川《とくがわ》家が妖とかかわりそれを臣下としているということになる。上様はお認めになりません」

「そうか？　そなたとて、人ならざる者とかかわっておろうが。管狐を操る術者なら、妖と大差ない。さらにこの度の御用で管狐に力を貸しているのは、人ならざるものではないのか？」

「わたしは手助けがあると伝えられただけで、助けがどこの誰やら知りません」

術者は、虎千代のことを知らなかった様子だ。ということは里川一門の呪いも化け猫の姫が輿入れしたことも、一切聞かされていないのだ。

密命を受けたとき、このようにすれば上屋敷に潜り込めると助言を受け、助力があると誰かから知らされただろうが、それが大奥に入り込んだ妖の助言であり、力であると、教えられているはずはない。

妖が大奥に入り込んだと知れば、御庭番は旧鼠の望みとは逆に、将軍家を守るために江戸城内の妖こそ退治するべきだと判断して動き始めるだろう。

結局、この術者も利用されているだけだ。

将軍や側用人さえも、旧鼠の眷属に利用されている。

「気の毒なことだ。何も知らされず、ただ父藩主の命を奪えと密命を受けてきたのか。主を恨まぬのか、そなた」

「理由も詳細も知らされないのが、我らの常。また知る必要はない。下知されたことのみなすのが我らの務め」

淡々と語る術者に、奏一郎は違和感を覚えた。

(問答に応じている?)

幼い頃から隠密として叩きあげられた者が、追い詰められたからとて、このように喋るだろうか。窮地に陥ったときの最良の選択は沈黙のはず。己の素性も使命も全てを秘匿するのが望ましい。

にもかかわらず、ぺらぺらと喋っている。油断を誘うかのように。

はっとし、奏一郎は虎千代に声をかけようとしたが、その前に術者が質問を投げていた。

「わたしは、泳がされ誘われたというわけですね。ということは、殿は生きておられるのか」

術者の問いに虎千代は口を噤《つぐ》んだ。続けていた会話の流れが途切れることで、答えないことが肯定の証になってしまう。話術に長けた者なら、すぐに見抜く。

術者がにやりとした。

「やはりな！」

鋭く叫ぶと同時に、術者は懐から五寸ほどの竹筒を掴み出し、左右に向けて大きく振った。竹筒の一方の端から、細長い煙のようなものが飛び出し、宙を蹴って空に駆け上がろうとする。よく見ればそれは、体が半分透けて夜空の月と重なってはいるが、小さな白い狐だ。

ぬらりひょんが、ぱっと飛びあがり、狐を掴もうと手を伸ばす。

その隙に術者が素早く身をかがめ、背後へ走ろうとする。

虎千代の刀が、月明かりに閃く。

けーん、と一声。

宙で狐が鳴いた直後、ぬらりひょんの手が狐の胴を掴む。虎千代は咄嗟に刀を返し、峰で術者の背をしたたか打ち付けた。衝撃に相手は膝をつく。

地面に降り立ったぬらりひょんは、狐を両手でこねるようにして丸め、ぽいと袂に放り込む。

虎千代は膝をついた術者の首に、刃を突きつけた。

「何をした⁉」

「さあ？」

顔をゆがめつつ、術者は首をねじって虎千代を見やった。

「異変があれば合図を送れとだけ、言われている。何が起こるかはわからん。誰が何をするかも、知らぬ。わたしのかわりに見届けられよ」

不敵に笑った直後、術者は突きつけられていた刃をいきなり摑み、自らの首に押し当て勢いよく頷くように首を振った。

月明かりに赤黒く、飛沫が散った。

（しまった！）

奏一郎は庭に飛び降り、術者の体を支えようとした。しかし手にあった梓弓が邪魔な上に、力の抜けた体は重く支えきれず、術者は地に伏した。細かな砂利の間を川筋のように血が広がる。

「……なんたることだ」

愕然と、虎千代は倒れた術者の背中を見おろす。

（万事休す）

奏一郎は動揺した。

術者が死んでは、芳隆の中に残された管狐が暴れ出すだろう。縞にも虎千代にも、当然ぬらりひょんにも見えない。妖の目をくらます術がある限り、見えない管狐は誰も退治できず——芳隆の命は。

虎千代の手から刀が落ちた。

「わたしは……し損じたのか」

絶望の色を主の目に見て、奏一郎の胸が痛いほどに絞られる。

(ここまで、ここまで果敢に進んでこられた若殿の、尽力の結果がこれか⁉)

そんな酷いことがあるだろうか。

背負った宿命を受け止めながら、父の命を救いたいと奮闘してきた少年に与えられる結末が、これでいいはずはない。

しばし呆然としていたぬらりひょんが、はっと頭上へ目を向けた。

「若殿！　まずいぜ」

つられて奏一郎の視線も上へ向かい、血の気が引く。

丸い月が浮かぶ夜空。月明かりにもまけない、強い明るさの朱色の玉がくっきりと、一つ、二つ、三つ、四つ……十以上も、月を横切り流れている。不吉な彗星《ははきぼし》のように尾を引く。

天火だ。まっすぐ上屋敷の方へと飛んでくる。

「大丈夫でしょう⁉　上屋敷には縞様の結界があるから」

迫ってくる火の玉を目で追いつつ焦って問う奏一郎に、ぬらりひょんが怒鳴り返す。

「殿の気配を消すために、今、縞様は力を集中しておいでじゃねぇか。結界は、殿の寝間にみっちり張ってあるだけだ。屋敷はがら空きよ」

では、こちらに向かってくる天火は屋敷の中に落ちるのか。

「あれがお屋敷の中に落ちたら」

「火事になっちまうよ」

術者の最後の抵抗で、芳隆が存命であり、なおかつ術者が正体を見破られて自害する覚悟であることが知らされ、あの鼠女が動いた証だろう。このさい火事を起こして、上屋敷ごと全てを燃やし尽くしてやろうという考えか。

縞の結界が集中して縮んでいる、この時に。

奏一郎とぬらりひょんのやりとりにも、虎千代は反応しない。代わりに猫たちが、ぱっと四方へ散っていく。同時に、侍長屋の方から人のざわめきが聞こえてきた。

表へ続く方から、松明《たいまつ》の火が庭の中に入ってきた。主膳だった。背後に二十人ほど引き連れている。術者を取り押さえるべく、手勢を連れてきたらしい。

「若殿」

と、声をかけたが、すぐに虎千代の足もとにある術者の亡骸《なきがら》を目にして動きを止めた。手で合図し、背後に従う者に、いったん庭から出ろと命じる。眉間に深い皺が寄っていた。

「……遅かったか」

「それどころじゃねぇよ、庄司様。上、見てくんねぇ」

ぬらりひょんに言われ、主膳は夜空をふり仰ぐ。

「術者が呼びやがった。あれが落ちてきたら、屋敷は燃えちまいますよ」

焦るぬらりひょんと顔色を変える主膳をよそに、虎千代はまだ呆然としている。

「若殿！」

焦りとじれったさで奏一郎が呼びかけても、こちらに視線もくれない。

（これほどにまで、力を落とされたか）

絶望は、当然なのかもしれない。

母や家老にたてついてまで、自らの全力で父を守ろうとしたにもかかわらず、父の中に邪悪な妖が取り残され、退治するどころか、見えもしない。

いたわしい、弱々しい横顔に、かつての化け仔猫の顔が重なった。

（かかわってしまったのだ。助けてしまったのだ）

あのときの気持ちが、蘇る。可愛いなぁと思って、助けたいと感じた。あのとき父の太一郎も、放っておけないと言ったではないか。

あの化け仔猫が今、力一杯の頑張りが砕けて、立ちつくしている。

（わたしが、お助けしなければ！）

突然だった。痛かった胸に熱いものがわきあがり、奏一郎は梓弓をその場に置き、落ちていた刀を拾って片袖で刀身を支え、差し出す。

「刀をお取りください、若殿！　わたしが殿をお助け申します」

口をついて出た言葉。それに対し、己の中で己が問う。

（どうやって助ける。妖が見えるだけで、剣術も体術もからっきしの、おまえが）

確かに、奏一郎はただ妖が見えるだけ。

（それがなんの役に立つと……！）

自分から自分への悪口の途中で、はっとした。

（いや、見えるのだ！　そうか見えるということは！）

何かが弾けたように悟った。

「わたしが、殿の中にいる管狐を退治いたします！」

ようやく虎千代が視線をあげた。

「おまえが？」

「お忘れですか。わたしにだけは管狐が見えることを！」

力のなかった猫目に、わずかに光が戻った。奏一郎は励ますように続ける。

「どうすればよいか、わかりません。ですが見えるのです。見えれば、なんとかする方法があるはずです。だから参ります。ともに殿のもとへ参りましょう。おいでください！　若殿」

何度か瞬きし、虎千代は奏一郎を見つめた。

「そうか。そなたには見える」

それはあまりにも心許《こころもと》ない光明ではあったろうが、希望は潰《つい》えていないということなのだ。

「はい」

力強く頷くと、虎千代が刀の柄に手を伸ばし、握った。刀を渡すときに、互いの目をしっかりと見た。

迫り来る天火に視線を向けた虎千代は、次にぬらりひょん、主膳と次々視線を移す。

「ぬらりひょん、庄司。天火が屋敷に落ちるぞ。侍長屋の者どもを起こし、刀を取らせ、落ちてきた天火を叩き斬らせよ」

「しかしあれは、妖では⁉　人が太刀打ちできるのですか」

もっともな主膳の心配に、ぬらりひょんが笑った。

「若殿のように、ひと太刀で斬れやしねぇがな。地面に落ちてきたところを、追い回してバタバタと叩いていけばあの火は消せるのさ。そのかわり転がり回るあいだに火の粉を振りまく。あちこち火がつく。総出で消し続けにゃならねぇ。しかしそうしなきゃ、上屋敷が焼けちまうぜ」

主膳の顔は強ばったが、他に方法はないと覚悟したらしい。

「承知いたしました」

表へ向けて、ぬらりひょんと主膳が走る。

虎千代がいつもの強さで言う。

「行くぞ、奏一郎。参れ」

「はい」

声が心地よく響き、弾むように応じた奏一郎は立ちあがりざま無意識に、地面に置いていた梓弓を握っていた。主とともに中奥へ駆けた。

3

庭を抜け、建物を回り込み中庭に面した中奥、芳隆の寝間へ走る。近づくと、広縁の奥にある障子が目に入る。障子は丸行灯の灯りで、中からぼんやりと照らされていた。一見なんの変わりもないように見えた。

(良かった。まだ、殿はご無事か)

芳隆の傍らには縞がいる。縞がうまく管狐を押さえ込んでいるのだろうか。

奏一郎は虎千代の背を追いながら、背後の夜空をふり仰ぐ。天火がぐんと近づき、掌ほどの大きさに見えた。幾つも向かってくる火の玉に驚いているのか、御殿の周囲から、騒ぐ藩士たちの声が聞こえる。

手にした梓弓が、走るのに邪魔だった。どうしようかと思案して、弓幹《ゆがら》と弦の間に腕を入れ、右肩に引っかけた。

「殿！」

不意に縞の悲鳴に似た声があがり、奏一郎ははっと視線を広縁へと戻した。

勢いよく障子が開き、艶やかな色彩の塊が広縁に転がり出た。猫のごとく器用にまるまって一回転すると、ぱっと立ちあがった。縞だった。

「母上！」

広縁へ飛び乗った虎千代は、立ちあがりざまふらついた縞を支える。奏一郎も広縁に飛びあがったが、それと同時に、目の前の四枚の障子が、こちらに向けて勢いよく倒れる。

虎千代と縞は猫の身軽さで庭に飛び降り、奏一郎は咄嗟に横っ飛びに転がり、障子を避けた。

膝をついた奏一郎は、障子がなくなり、ぽっかりと口を開いた空間に目をやり、絶句した。

（殿⁉）

芳隆の顔色は、月光に照らされているからばかりとはいえないほど、青白い。肌には汗が浮き、髷が乱れ、肩で息をしている。白い寝間着の前がはだけ、そこから胸をかきむしったような傷跡が見えた。手には抜き身の大太刀。寝間に飾られていたものだろう。目つきが嫌らしく鋭い。まるで狐だ。さらに奏一郎の目には、芳隆の腰から黒い狐の尾が生えているのも見える。

芳隆の中にいる狐が、暴れだしたのだ。

「そなたの主は死んだぞ」

虎千代が告げると、ぎょろっと目をむいた芳隆は、そちらへ向かって吐き捨てた。

「わかっておるわ！　猫どもめ」

「観念して、殿から離れなさい。おとなしく言うことをきけば悪いようには……」

縞が声を張ると、狐が吠えた。

「術者が死んだとて奴の術は生きておる。その命に背けば、わしはお陀仏《だぶつ》じゃ！　道を空けろ猫ども。わしを通せ。わしを屋敷の外へ出せ」

気がつけば周囲に、幾匹も猫が集まって毛を逆立てていた。

「退《ど》け、退け！　この体が傷つくぞ」

管狐は屋敷の外へ逃げようとしている。芳隆の体を鎧《よろい》として逃げ出し、適当なところで捨てるつもりだろう。勿論、行きがけの駄賃に芳隆の命は奪うはず。

「邪魔をするな。ほら、見ろ。見ろ」

脅しすかすように口の端をつりあげてにたりと笑いながら、狐が言う。胸にある傷にぷつぷつと血が盛りあがり、噴き出し始める。

「通さねばここで、この体は死ぬぞ。わしが食い荒らし、弱りに弱っておるこの体。いくらももつまい」

いくら妖が取り憑いても、簡単に人の命を奪えるものではない。しかし芳隆の体は長い間蝕まれ続け、もはや限界に近いのだろう。限界に近づいた体を、狐は自分の命と引きかえるほどの全妖気をそそいで操り、逃げ出そうとしている。

芳隆の体、管狐。双方ぎりぎりの状態で、均衡を保っているのだ。

無造作に大太刀をぶら下げて、しかし殺気を全身にまとい、じりっと一歩芳隆が踏み出す。取り囲む猫たちの輪が、さっと引く。

芳隆の口元が笑う。視線は縞と虎千代に向けられ、奏一郎に見向きもしない。奏一郎のような弱々しい者など眼中にない。

縞が歯噛みし、目がみるみる猫のそれに変化して、指には鋭い爪、頬には細い髭が現れる。

「調子に乗りおって」

猫の唸りに似た声で、縞が言う。

「やるか、猫？　そなたの殿をその爪で引き裂くか。おまえに見えるのは、この男の体だけ。爪で引き裂くのは、この男の体だけじゃ」

かかかっと夜空に向けて狐は哄笑する。

虎千代が刀を構えるが、狐は余裕の笑みを向けた。

「斬るか？　斬ってみろ。わしは斬れぬぞ。この男の体が、わしより先に刻まれる」

虎千代や縞が狐に襲いかかっても、このまま逃がしても、結局芳隆の命はない。故に二人は竦んで動けない。それを見透かし、狐がぐんと膝を曲げ、勢いをつけ、広縁から飛び出そうとする。

(行かせてはならない！)

せめてそれだけはと、奏一郎は必死の一念で、自分の目に見えている狐の黒い尾に飛びかかった。飛びかかった瞬間思わず目を閉じたが、硬い毛並みの、まるで犬の胴体のように太い何かを両腕で抱えた感触がした。

力一杯、抱えたものを折るほどに強く力を込めた。

ぎゃっと頭上で声がして、右の側頭部を強い力でぶん殴られた。抱えていたものから手が離れ、体は横に吹き飛んで、寝間の奥へと転がった。その拍子に梓弓の弦が、びんと鳴った。

するとなぜか、再び狐のぎゃっという声が聞こえた。

(なぜ悲鳴……？)

吹っ飛ばされたのは、奏一郎の方なのに。なぜ狐が悲鳴をあげるのか。頭の隅に疑念が浮かぶ。

「そうか！」

虎千代の興奮した声がした。

（若殿？　なにが）

視界がぐらぐらしたが、奏一郎は必死に身を起こして顔をあげた。目を吊り上げた狐顔が、こちらに向かってきている。竦みあがったが、虎千代の声が聞こえた。

「奏一郎！　弦を鳴らせ！」

咄嗟に意味を呑み込めずにいると、虎千代が広縁へ飛び上がってきたのが、狐の背後に見えた。闇の中で光る猫目が、鋭い。虎千代は手にある刀を投げ捨て、芳隆の背に飛びかかった。

狐は振り向きざま手で払い、虎千代はそれを避け、畳の上に身をひねって降りる。

「梓弓の弦だ、鳴らせ！」

再度の声に、奏一郎はやっと言葉の意味を理解した。意図はわからなかったが、肩にかけてある梓弓を手に持ち替え、弦を引き絞り、手を放し、びんと鳴らす。

狐が飛び退く。四つん這いになり、呻く。すると尻尾のみならず、芳隆の耳の上に尖った黒い耳が被さるように浮き出し、頬にもぞわりと、黒い毛が浮く。

苦しんでいると見えた。

奏一郎は今一度、弦を鳴らした。

狐がさらに背後にさがる。

（この音が効いている！）

立て続けに奏一郎は弦を鳴らし、鳴らしながら立ちあがった。

四つん這いの芳隆の体が、じわじわと半分透けた黒い狐と、ほぼ重なり合う。芳隆の体から、ゆっくりと引きずり出されるように黒い狐が姿を見せている。しかしこれはおそらく、奏一郎にしか見えていない。

弦を鳴らす指先が振動で痺れると、その痺れが、奏一郎の直感に働きかける。

梓弓は破邪の道具。無闇に鳴らす弦の音ですら、ここまで狐を引き剝がせるものであれば、あと一撃、鋭いもので狐を追い出せる気がした。

――撃て。

言葉が頭に浮かんだ。

――撃つのだ！

自分の声とは思えなかった。体の奥から聞こえるそれは、遠い先祖の歩き巫女の声のような気がする。

弓を構え、弓幹を握った手の人差し指を、狙い定めるように立てた。幻の矢をつがえるように弦を引く。

放った。

鋭い音が真っ直ぐ、狐の体に突き刺さった気がした。

狐が飛び上がった。虎千代が叫ぶ。

「撃て、奏一郎!」

二射、三射。奏一郎は部屋の奥から音の矢を放った。

四射目。狐が鋭く叫び、芳隆の体がどうっと、畳に放り出されるように転がった。それと同時に黒い狐の影が、天井近くへ跳ね、半透明だったその姿がくっきりと毛並みが見える、実体のある黒になった。黒い獣は天井で苦しげに身もだえ、寝間を出た。広縁の軒に前脚で縋り、そこから屋根へと上がろうと四肢をくねらせる。

「見えた!」

虎千代が歓喜の声をあげた。

庭から縞が「虎千代!」と、懇願するように呼ぶ。

放り出してあった刀に、虎千代が走る。柄を握り、構え、跳躍した。わずかに射しこんでいた月の光を反射して刀身が銀に光り、黒い狐を一閃した。

狐の断末魔の声があがった。

虎千代は庭に降り立ち、広縁の軒を素早くふり返る。

ぢりぢりっと嫌な音がして、軒に縋っていた黒い狐が、引き裂かれる影絵のように四散する。黒い毛の塊が庭と広縁の端にどかどかと落ちるが、瞬く間に溶け消える。

さっと風が吹きこんできた。風には焦げ臭さがあった。それでもかぐわしいと感じるのは、濃い邪気があたりに充満していたからだ。

遠く騒ぐ、藩士たちの声が聞こえる。「あちらだ」「そっちだ」「追え」と切れ切れに聞こえるのは、藩士たちが転がる天火を追い回しているのだろう。

遠い声を聞いていると頼もしく感じた。あちらには、ぬらりひょんと主膳がいる。主膳が藩士を指揮し、隠遁したぬらりひょんが、藩士たちの手に負えないものは潰す。火事にはならぬはずだ。

風が邪気を払う。邪気を生むものが消え、風によって場が澄んでいく。澄んでいく周囲の気配に、奏一郎は悟った。

（やったか……）

藩主・里川芳隆を苦しめていた妖は、消えたのだ。

虎千代が芳隆のもとへ走り、縞も庭から中へ飛んできた。二人は芳隆を床へ移すと、「殿」「父上」と呼びかけ続けている。

奏一郎は寝間の奥の壁際に棒立ちになって、それを見ていた。

芳隆が呻き、目を開ける。

「……どうした。二人とも」

穏やかな声に、縞の目に涙が浮かぶ。虎千代の肩の力が抜ける。

(良かった……。殿もご無事……)

急に膝に力が入らなくなり、奏一郎はその場にへたり込んだ。

ここは殿の寝間だ。そこに奏一郎のような身分のものが入り、あまつさえ座り込むなど、無礼どころではない。なんとか立って早くここを出なければと思うが、体が言うことを聞かなかった。

「なにがあったのだ」

芳隆の声に虎千代が応じた。

「父上を苦しめていたものを退治いたしました」

「そなたが?」

「いえ。わたし付きの小姓、梓木奏一郎が」

そうかと言って、芳隆は安堵したように目を閉じた。

「よく、褒めてやらねば」

「はい。まずは、父上。お休みください。寝間が少々荒れているので、整えるために小納戸役を呼びます。それから医者も。それまで、ゆっくりと。母上は、父上のお側に。頼みます」

「わかりました」

袖で涙を押さえながら縞が応じると、虎千代は立って奏一郎のところへやって来た。へたり込んだ奏一郎の前に膝をつく。

「よくやった、奏一郎」

「……いえ……そんな……」

ぼんやり応じた。まだ梓弓を握っていた右手に、虎千代が手を重ねる。人よりも随分温かい虎千代の肌の感触に、奏一郎の全身の強ばりが溶けていく。

§

小鹿藩上屋敷を襲った十数個の火の玉は幾人にも目撃され、その話は翌々日には瓦版になって売られていた。幾種類かの版があったが、たいがいは妖の仕業としており、あたらずとも遠からずのことを書いていた。突飛なところでは、富士《ふじ》のおやまが爆発する前触れだ、というのもあった。

瓦版が出て江戸っ子たちが気楽に楽しめるのは、大火にならなかったからだ。小鹿藩上屋敷の一部から火は出たが、ぼやでおさまった。

一晩天火を追いかけ回した藩士たちは、自分たちがなにと格闘したのか首を傾げた。そこで番頭から「近隣の大名屋敷のぼや騒ぎの飛び火」と、説明がなされたらしい。

近隣のぼや騒ぎなどまったく耳に入らないし、そもそもあれは飛び火なんてものではないと、藩士たちはよくわかっていた。結局これは、「そういうことにしておくのだ」という厳命だと理解した。

しかも身罷ったやもしれぬと皆が不安を抱いていた殿が、実はぴんしゃんしていたのだから、藩士たちは落ち着きを取り戻した。

西国外様の五万石。のんびりした小藩の藩士たちなので、自分たちにさほどの大事は起こるまいと思っている。

§

庭に出た虎千代に従って、奏一郎も傍らにいた。

広縁にはぬらりひょんがおり、ぷかりぷかり煙草をふかしている。

雉女はお天道様で温まった庭石の上に丸くなってひなたぼっこし、気持ちよさそうに目を閉じ、うとうとしていた。

「あの人は死ぬかもしれないと思っていました。なにしろ、主が命じられた務めが、変だったから」

聞き慣れない、妖艶な女の声の出所を見れば、ぬらりひょんの傍らに、ほっそりとした五寸ばかりの白い狐が座っている。御庭番の術者が最後に使った管狐だ。

ぬらりひょんが捕らえたこの女狐は、芳隆に取り憑いていた黒狐の女房だったらしい。夫婦ともに術者に捕らえられ、飼い慣らされて使われていたという。

術者も黒狐も死んだと知って、白狐はおとなしくなった。

白狐が知っていることを聞き出したいという、虎千代のたっての希望で、ぬらりひょんが虎千代の居所に連れてきた。

「変とは？」

虎千代がふり返ると、白い狐は板目に視線を落とす。

「人の命を取れというのは、珍しい務めじゃないです。けれど小鹿藩藩主の命は容易には取れぬだろうからと、屋敷への入り込み方から障りを起こす方法まで、事細かに教えられました。しかも陰ながら力を貸す者がいる、とも。随分と妖にくわしいじゃないですか。そんな人間が御公儀にいるはずないのに。主もおかしいと思っていたみたいですが、御庭番ですから。命じられたことは、やるしかない」

しょげかえった様子の白狐が、奏一郎は気の毒になった。

(もとより人に使われるつもりもなかったのに。それがこうやって、伴侶を失う結果になって)

ぽかりと煙を吐き出し、ぬらりひょんが問う。

「おまえさん、なんで御公儀が小鹿藩の殿の命を狙うか、わかるかい?」

「いいえ」

首を横に振るが、それでも白狐は、ふっと思い出したように顔をあげた。

「あ、でも。小鹿藩を天領にできればと、主に命令を下した側用人が言ってました」

虎千代と奏一郎は、顔を見合わせた。

「天領?」

と口にした奏一郎に、虎千代が眉をひそめる。

「遠国の小藩を天領にして、なんの利がある。街道からもはずれているので地の利も悪く、銅も、銀も金も取れぬ」

「それでも、欲しいものがあるのでしょう？　小鹿藩にしかないものが」

と、白狐が言う。

「しかし領内にある特殊なものと言えば」

ふと奏一郎のあたまに浮かんだのは――。

（まさか魑魅の栖？）

虎千代が顎に手をやり、呟く。

「魑魅の栖ではないか？」

ぬらりひょんが、ふぅんと鼻から煙を吐く。

「ありうるかもしれないねぇ。なにしろ魑魅の栖は、とんでもなく邪悪な妖が這い出てくる。里川一門に強い呪いをかけるくらいに、強くて悪いやつがな。そいつを利用できると考えるかもしれない」

幕府にとって邪魔な者を、確実に、証拠もなく亡き者とできる方法があれば都合が良いだろう。

たとえば今、将軍家の世嗣争いなどがあれば、それを丸く収めるために、二、三人世嗣になりそうな者の命を奪う、とか。あるいは改革の邪魔になるような、うるさがたの親藩《しんぱん》の某を亡き者とする、とか。

そういったことを可能にする呪いの根源が小鹿藩領内にはあると、鼠女が上様か側用人かを唆したかもしれない。

(推測だ。ただの)

しかし——御庭番まで動かして小鹿藩を改易しようと目論《もくろ》むほどに価値のあるものといえば、それ以外に思いつかなかった。

虎千代は気分を変えるかのように、明るい声を出した。

「まあ、良い。とにかく父上のお命は助かった。そなた」

と、白い狐に呼びかける。

「もう、どこへでも行くが良い」

「良いんですか？」

小首を傾げた白狐に、虎千代は微笑む。

「管狐は人に捕らわれ使役されると知っている。今回のことは、術者の意向。そなたたち夫婦は道具だっただけだ。責めは負わせぬ。行くが良い。そして伴侶の菩提《ぼだい》を弔え。二度と人に捕まらぬように。さらに人に害をおよばさぬように」

白狐は、ちょんと頭をさげた。

「ありがとうございます、若殿。いつか、必ず御恩は返します」

言うやいなや、しゅっと白狐が空に飛びあがった。それは鋭く細い煙のようで、空に真っ直ぐ昇って消えた。

「ああ、また。若殿に捕まっちまったやつが一匹増えた。わたしの仲間だね」

ぬらりひょんが目を細める。

「え？　捕まる？　逃がされましたよ、若殿は」

奏一郎は瞬きした。

「気持ちが捕まっちまうのさね。あの白狐は今度、若殿が頼むと頭をさげたら、恩があるから断れねぇよ。それは捕まっちまったのと同じだよ。わたしも捕まった口だが、御恩ってわけじゃない。突っ張っていなさる若殿がけなげでね、どうにも放っておけねぇと思っちまった。そう思っちまったのは、捕まったってことだ」

そういう意味かと、奏一郎はようやく合点がいった。なぜ虎千代に力を貸すのかと奏一郎が問うたとき、ぬらりひょんが、捕まったと口にした意味はこういうことなのだ。

(若殿に心を傾けてしまったと、そういうことなのか)

口の端を吊り上げて、ぬらりひょんはいたずらそうに言う。

「奏一郎さんも、ご同様だ。しっかり捕まっちまったね」

指摘され、奏一郎はなぜか嬉しいようなおかしいような気持ちになり、顔がほころぶ。

「そうですね」

虎千代が、不満顔で二人を睨む。

「捕まっただの、逃がしただの、わたしは、そなたたちを捕まえた覚えなどない。しかも突っ張っているだの、けなげだの、放っておけないだのと。侮るでない」

「おや、ご立腹で。怖い怖い。それじゃあ、わたしは退散しましょうか」

煙管を手にして立ちあがったぬらりひょんは、片手は懐手にして、ふらりと廊下を遠ざかっていく。

風がふいて庭の黒竹の細い葉と茎が鳴った。

雉女は耳をピクピクさせたが、起きる気配はない。

ぬらりひょんが去ったのを見送り、少しの間の後に、虎千代がぽつりと問う。

「そなた、国元に帰りたくないか?」

「は?」

「この度の活躍で、父上も母上も、庄司も、そなたの忠義の心に一片の疑いもないと知った。そなたはけして里川一門の秘密を語らぬだろうと、皆、確信したはず。だから、そなたが、わたし付きの小姓の勤めを離れ、国元に帰りたいと願えば望みは叶えてもらえよう」

言われて初めて、そういうことも可能なのかと驚いた。

しかし。

「いいえ」

ゆっくりと首を横に振る。

「わたしは、若殿の小姓としてお側にいると約束しました。だから、ここにおります。若殿のお側におります」

藩主里川芳隆の命を狙う今回の一件は落着したが、それを操った旧鼠の眷属、大奥に入り込んだ鼠女は生きている。またいつどのような手を使って、里川一門を狙ってくるかわからない。

さらに旧鼠の呪いも、とけていない。

虎千代はこれからも、宿命と戦い続けなければならないのだ。そんな主を置いていけない。自分だけのうのうと、家系図の一部になるだけの安楽な生き方はできない。もし国元に戻っても、虎千代のことが気になって仕方がないだろう。

そこまで思って、奏一郎は内心で苦笑した。

(これほどしっかりと、捕まるとは)

虎千代が奏一郎を見やる。

「良いのか？」

確かめる声には、おそるおそる問う感があった。ここで気が変わって、否と言われたらどうしようかと心配するような響き。

強気なくせに、時にこんなところを見せる。

「はい」

奏一郎が頷くと、虎千代は照れ隠しのように視線を空に向けた。

「頼む」

「はい」

虎千代の唇に微笑が浮かぶ。

「これからも、そなたの困り顔を見ていられるな」

わざと奏一郎は、渋い顔をつくった。

「奔放な真似は、しばらくおやめください。わたしの肝がもちません」

「さてな」

と、虎千代は笑みを深くする。

これから先も奏一郎は、散々やきもきしたり、怖い目にあったり、焦ったりするのは間違いない。

なにしろ己が仕えると決意した若殿は、半ば化け猫なのだから——。

聞こえるのは吹く風が揺らす葉ずれの音だけで、庭は静かだった。

奏一郎が江戸上屋敷に来たときから鳴いていた鶯の声は、聞こえなくなっていた。伴侶を得て、鳴く必要がなくなったのだろう。

主従ともに、空の同じ方を見ていた。静けさが心地よかった。

光文社文庫

文庫書下ろし
うちの若殿《わかとの》は化《ば》け猫《ねこ》なので
著　者　三《み》川《かわ》みり

2024年9月20日　初版1刷発行

発行者　三宅貴久
印　刷　新藤慶昌堂
製　本　ナショナル製本

発行所　株式会社　光　文　社
〒112-8011　東京都文京区音羽1-16-6
電話（03）5395-8147　編　集　部
8116　書籍販売部
8125　制　作　部

落丁本·乱丁本は制作部にご連絡くだされば、お取替えいたします。
ISBN978-4-334-10415-3　Printed in Japan

組版　萩原印刷